Rio, uma cidade de leitores.

Caro professor, cara professora e caros agentes auxiliares de creche,

Mais uma vez, tenho a alegria de entregar a vocês os livros destinados a sua leitura. Como nos trimestres anteriores, os livros foram selecionados a partir de uma ampla consulta à Rede, que incluiu títulos de autores nacionais e estrangeiros.

Lembramos que no mês de abril, considerado o mês das comemorações ao Livro e à Leitura, quatro importantes autores são homenageados: Hans Christian Andersen, Monteiro Lobato, Miguel de Cervantes e William Shakespeare.

No dia 02 de abril, comemoramos o Dia Internacional do Livro Infantil, em homenagem ao nascimento de Hans Christian Andersen. O dia 18 de abril, nascimento de Monteiro Lobato, é dedicado ao Dia Nacional do Livro Infantil. Já no dia 23 de abril, foi criado pela UNESCO, o Dia Mundial do Livro e dos Direitos do Autor, em homenagem a Miguel de Cervantes e William Shakespeare, ambos falecidos nesta data.

Compartilho as homenagens a estes autores e a alegria de comemorar o livro, a leitura e a literatura, no contexto do programa *Rio, uma cidade de leitores*. Parafraseando Monteiro Lobato, para fazer do Brasil *um País de homens e livros* é preciso contar, especialmente, com os principais agentes de promoção da leitura nas escolas, que são os profissionais que lidam diretamente com nossos alunos.

Que estes livros possam renovar o seu prazer em ler, inspirando novos leitores, durante todos os dias de cada ano letivo.

Um abraço e boa leitura,
Cláudia Costin

ALFAGUARA

Inês Pedrosa

Fazes-me falta

ALFAGUARA

Editora Objetiva Ltda.
Rua Cosme Velho, 103
Rio de Janeiro — RJ — Cep: 22241-090
Tel.: (21) 2199-7824 — Fax: (21) 2199-7825
www.objetiva.com.br

Capa
Andrea Vilela de Almeida

Imagem de capa
©Henrik Sorensen/Getty Images

Revisão
Rita Godoy
Joana Milli
Ana Julia Cury

Editoração eletrônica
Abreu's System Ltda.

CIP-BRASIL. CATALOGAÇÃO-NA-FONTE
SINDICATO NACIONAL DOS EDITORES DE LIVROS, RJ

P414f

Pedrosa, Inês
Fazes-me falta / Inês Pedrosa. - Rio de Janeiro : Objetiva, 2010.

221p. ISBN 978-85-7962-017-1

1. Romance português. I. Título.

10-1527 CDD: 869.3
CDU: 821.134.3-3

Fazes-me falta

À memória do meu Pai, Ricardo Pedrosa

Para o Nelson de Matos
e o José Francisco Feição,
cúmplices de saudades que não morrem

Feliz assim por teres tudo o que sou?
Feliz por perderes tudo o que sei?

Só não te dou o que não serei.
Não, a minha morte, não ta dou.

PEDRO TAMEN

1. Não basta morrer para conhecer o sorriso de Deus — mesmo que, como foi o meu caso, se tenha vivido abismada nele uma vida inteira. Quando o pior acontecia, aquele sorriso descia às minhas trevas com um soluço de baloiço, um gingar de gonzos arrancado às cordas da infância. Eu sentava-me nele e subia, balouçando, até à luz. O pior aconteceu-me cedo, tive sorte. Deus procura primeiro os que sofrem antes do conhecimento específico da dor, talvez porque os outros sabem demasiado para poderem ser salvos.

Tu dizias que era ao contrário: que Deus nasce da ignorância própria dos sofrimentos prematuros. Mas tu, meu aluno dileto, cedo te deixaste povoar pelo excesso do saber. Deus não sabia nada do Universo quando o criou. Imagino que se sentiria só. Imagino que num momento impreciso essa solidão se terá tornado maior do que Ele próprio, estourando numa gigantesca flor de luz. E imagino-O, depois, tentando dar um sentido particular a cada uma das pétalas dessa luz dispersa. Agora que saí do corpo que fui — para me tornar pólen, poeira nos teus olhos, pura imaginação de mim — imagino-o melhor ainda, ébrio de luz, lúcido, encandeado por um Lúcifer oculto e criador incrustado no seu próprio ser, em estado de paixão com a história desencadeada pela sua omnipotente solidão. E balouço no Seu sorriso outra vez, a vez definitiva porque o meu corpo está lá embaixo, num caixão, contemplado e lembrado e chorado pela última vez.

Não me levantarei da cama amanhã depois de Lhe pedir em surdina que dê um impulso maior ao balouço, que o empurre com força até que os pés me voem para fora do calor aterrado dos lençóis. Ninguém mais vai estar à minha espera, não terei de me disfarçar de desculpas, não voltarei a iludir ou desiludir ninguém. Não voltarei a morrer no corpo do único homem que me abriu no corpo a passagem secreta para a morte. Não voltarei à desilusão do renascimento. Sobretudo não voltarei a desiludir-te a ti, o descrente que me ensinou a crer melhor, o meu pequeno e velho Deus de algibeira, o meu amigo.

Despojada de corpo é-me mais fácil transformar-me no próprio balouço, na luz dançante de que ele é feito. Num murmúrio de vento peço-Lhe que não me empurre tão depressa para esse lugar iluminado que é a Sua Carne, peço-Lhe que me deixe matar saudades desse mundo que deixei tão de repente. Matar saudades de ti. Ou matar-te, como fazem as crianças, para recomeçar uma outra história, no balouço quotidiano do teu sorriso.

Só o teu riso dura. Mostrei-te o mar.
Mostrei-to antes e depois de morreres.

LUÍS FILIPE CASTRO MENDES

1. Estou sozinho. Sozinho com o coração em bocados espalhados pelas tuas imagens. Já não posso oferecer-te o meu coração numa salva de prata. Alguma vez o quis? Alguma vez o quiseste? Dava-me agora jeito um deus qualquer para moço de recados. Um deus que te afagasse os cabelos e me recordasse como eram macios. Um deus que me libertasse desta imagem fixa do teu corpo encaixotado. Logo tu, que tantas vezes te rias daquilo a que chamavas o meu "encaixotamento compulsivo":

— Um dia chego cá e encontro-te no meio dessa papelada, morto de cansaço, pronto a encaixotar. Olha, eu é que não te empacoto — ganhei medo a mortos.

Sempre te disse que o medo atrai a desgraça — podes rir-te. Ri agora tudo que ninguém te ouve. Isso; se o teu Deus existe, solta uma gargalhada forte para que eu acredite. Mas não, é melhor que não te incomodes: essa gargalhada póstuma destoaria do meu belo arquivo de gargalhadas tuas. Estragava-lhe a estética, entendes? E a estética, para falarmos com franqueza, nunca foi o teu forte. Não suportavas as meias-tintas. Odiavas a renúncia engatilhada sobre os paradoxos da vida. Não podias ter morrido de uma coisa menos esdrúxula, por exemplo? Não podias aguardar a dignidade das primeiras rugas? Que tendência para o *kitsch*, minha querida — mas Deus sai-se sempre em *kitsch*, não é verdade?

Descansa em paz. Fizeste uma morta bonita — mais bonita e serena do que alguma vez foste, cachopa. Compuseram-te a imagem. Disso vivem as figuras públicas, mesmo na morte. Viva a imagem. Talvez fosse melhor não te ter visto, não ter beijado a tua testa. Agarrei-me a essa derradeira nota do teu calor. Ficaste-me com um travo a incenso e flores mortas. O cheiro do amor vedado que abandonáramos pela paisagem na nossa pré-história. Chamo-lhe amor para simplificar. Há palavras assim, que se dizem como calmantes. Palavras usadas em série para nos impedir de pensar. O que existia, existe, entre nós, é uma ciência do desaparecimento. Comecei a desaparecer no dia em que os meus olhos se afundaram nos teus. Agora que os teus olhos se fecharam sei que não voltarás a devolver-me os meus.

Dentro da História onde já não estou, da História que percorri como um carrossel, da História que nos serve sempre de morada provisória, as pessoas perguntam. Que sentido faz a morte de uma rapariga de 37 anos, catano, roída pela própria posteridade? Tinhas deixado de fumar para não morreres de cancro. Não era a morte que te incomodava, dizias, mas o vagar dela, a tortura da doença. A História. Creio que nunca te vi doente — a não ser de amor. Cultivavas o vício da paixão com um método implacável. Corrias em contrarrelógio. Procuravas a imobilidade de um tempo-pedra que já era o teu. O nosso — mas como podíamos dizê-lo, se tínhamos de continuar vivos? Nos breves dias em que vivias desapaixonada, tornavas-te impossível. Nada te entusiasmava. Depois iniciaste uma carreira de Poder e perdeste esse gosto profundo pelo romance extático. Entraste na narrativa, no burburinho tranquilizante das intrigas. Até a tua carroçaria se modificou; das últimas vezes que te vi, usavas uns saia-e-casaco pavorosos, umas coisas de mau corte e mau tecido a imitar Armani, nuns cinzentos berrantes. Disse-te: "Ena! Disfarçada de executiva!" e tu explicaste que se tratava apenas de uma farda de trabalho. Que aos fins de semana mantinhas o estilo de sempre. Mas o estilo é uma maneira de ser, não uma farda de fim de semana. A política retirou-te o estilo e afastou-te de mim. Os políticos não precisam de amigos, precisam de uma corte — vem nos livros. Tu foste simplesmente à tua vida e eu fui à minha. Como sabes, eu vivo por relâmpagos; contigo partilhei uma trovoada um pouco mais longa do que o habitual. Foi apenas isso. De qualquer modo, a morte espreita sobre todos os prazeres dessa cronologia a que nos agarramos para escapar ao tempo. O que somos para além do que vamos sendo? O meu além eras tu — ímã da minha íntima, impessoal temporalidade. Redenção dos males que me amputaram. Tu. Agora puro vapor do universo. Serves-me de Deus — quem diria? Serves-me no que não sei ser, e é a verdade. Olho para o mar do Guincho, para essas ondas frias e violentas em que tanto gostavas de mergulhar, e sinto-me também eu meio morto, meio frio. Feliz por estar ao teu lado outra vez. Ao lado dessa que já estava morta um bom par de anos antes de tu morreres. Fazes-me falta. Mas a vida não é mais do que essa sucessão de faltas que nos animam. A tua morte alivia-me do medo de morrer. Contigo fora de jogo, diminui o interesse da parada. E se tu morreste, também eu serei capaz de morrer, sem que as ondas nem o céu nem o silêncio se transtornem. Cair em ti, cada vez mais longe da mísera ficção de mim.

2. Deus afrouxa o impulso, já posso revisitar a cidade que tanto amei contigo. Coisas pequenas: no jardim próximo da tua casa, uma criança abre as asas no meio de uma toalha de pombos cinzentos, que esvoaça e o deixa lá embaixo, a esbracejar. Há uma mulher jovem que passeia para cá e para lá no jardim, vigiando a criança e falando ao telemóvel:

— És um pulha. Digas o que disseres, és um pulha. E o teu filho vai saber o pulha de pai que tem.

Enquanto morria, não vi a minha vida em câmara lenta nem vales verdejantes, nem sequer ouvi músicas celestiais. Talvez seja possível morrer-se assim, como tantas vezes ouvi contar. Talvez até seja possível que, no instante do estertor, o relâmpago do génio ponha na boca de alguns as palavras redentoras. Sempre duvidei disso, mas tudo aquilo de que duvidamos é possível, digo eu, agora que já não tenho o supremo prazer da dúvida. A morte é um segredo bem guardado, o único de cujos direitos de autor Ele não prescindiu. Posso contar-te a minha morte, aqui deste espaço sem espaço, porque Ele sabe que já não me vais ouvir. Mas eu sei que vais imaginá-la de muitas maneiras diferentes, e que, por as imaginares, todas essas minhas mortes existem já, neste nosso íntimo espaço de inexistência.

Morri em eco, desdobrada. Morri com um sem-abrigo perdido no caminho para o meu útero, morri porque o meu corpo decidiu gerar uma vida nova e se enganou. Percebi que a morte abria as comportas do meu sangue, mas só no fim desse rio vermelho percebi que levava comigo um filho impossível. A primeira sensação que experimentei, depois de ter desmaiado de dor, foi um intenso perfume de bebé, um perfume quente e azedo de leite bolçado. O balouço do sorriso de Deus apanhou-me de repente, num rasgão de luz, e sentado no meu colo estava uma espécie de bebé minúsculo, quase só um sorriso de bebé que parecia ter saído diretamente do meu ventre para o meu colo. Uma semente, uma pedra, uma coisa quente esvaindo-se de felicidade, arrancando-me a dor. Que se desfez numa luz azul, com um vagido de alívio. Então o balouço ficou mais leve e começou a girar durante um tempo que me pareceu infinito por dentro de uma rosa de luz branca. As ondas de luz dessa rosa em espiral explicavam-me tudo o que eu não sabia sobre a minha morte, e muito do que eu esquecera sobre a minha vida. Coisas simples, como essa criança que eu gerava numa parte inviável do corpo, no lugar cego e sábio da inconsciência. E coisas ainda mais simples, inefáveis, como os defeitos de fabrico da minha amizade por ti. Coisas irremediáveis e tranquilas. Meu Deus, deixa-me aperfeiçoar nelas o primeiro concerto da minha eternidade. Ele abrandou o calor do sorriso, as pétalas solares dessa rosa por onde eu subia afastaram-se, e o sopro que eu sou desceu devagarinho sobre a nossa cidade.

Não é o olhar de desdém inteligente que se aprende nas janelas dos aviões, não. Já suspeitava que o olhar retangular que se despeja sobre o movimento desvairado das formigas humanas em nada se aparenta à inclinação compassiva do olhar de Deus. Nesta primeira prega da transcendência, neste noante à margem do teu tempo e da minha eternidade, o meu olhar sem órbitas move-se por ampliações máximas de pormenores mínimos. Da criança que quer ser pombo para as janelas fechadas da casa onde tu não estás, porque foste velar o meu corpo. Deixaste a luz da casa de banho acesa, as portas do roupeiro abertas e umas calças de bombazina vermelho-escuras enrodilhadas ao lado da cama. Nem pareces tu.

2. Pensaste em mim enquanto morrias? Dava muito dinheiro por esta resposta — desde que fosse a verdade. Porque há a verdade — não é tudo tão relativo como tu querias ensinar-me. Há a verdade, e era isso o que nos unia; que houvesse a verdade, navio absoluto. Alguns outros concordariam conosco, mas a distância. A distância dos risos e dos copos que se tornou a nova intimidade. Para ti, a verdade não era inatingível — estarias já comigo naquela manhã de infância em que quis nadar até o navio do horizonte? Apanharam-me antes de lá chegar, com um barco a remos e um par de bofetadas — o menino é doido?

Vive-se melhor a inventar a verdade todos os dias, dizem-me. Faz de conta que não morres. Faz lá. Nós os dois queríamos inventar tudo menos a verdade. Mesmo que ela fosse nossa inimiga. Sobretudo quando ela era nossa inimiga. Queríamos matar a verdade má e espalhar a verdade boa — o menino é doido?

Como é que eu mato a tua morte? Em sonhos, vens-me buscar, levas-me contigo por um corredor longo e frio. Porque há tantos corredores, e tão escuros, nos sonhos? Mas no fim, olhas para mim e já não és tu. Uma caveira com restos de carne nos olhos ri-se para mim e faz nha-nha-nha, como as crianças — bem-feito, bem-feito, enganei-te. Acordo e tenho dificuldade em separar-te da caveira. Vejo-te ossos, nervos e pele enegrecendo nos retratos, um sorriso cáustico flutuando no silêncio do quarto. E tudo cheira a velhice, à podridão instantânea em que te tornaste. Não querias que te visse morta; punes-me por isso?

A busca da verdade torna-nos castigadores. Tropecei tanto nas tuas pequenas mentiras. Urtigavam-me tanto. Mentia-te imediatamente, com um pouco mais de veemência, para tu veres. Mentiras. Tornavas tua uma graça que era minha, e essa anedota voltava para mim, aumentada, aviltada pelos pontos de humor que tinhas ganho entretanto no coração de alguém, à minha custa. Quando nos conhecemos não eras assim. Citavas-me. Punhas aspas. O teu encanto era essa — tão rara — cintilação de aspas. Dizias: "Fulano disse-me", "Cicrano contou-me". Sublinhavas a inteligência e a beleza das palavras dos outros. Na passagem à política foste largando esse rigor, como uma pele incómoda. Os nomes eclipsaram-se, varridos para debaixo do solene tapete das "fontes seguras". Depois, à medida que foste ganhando confiança, aprendeste a dispensar inclusivamente esse recurso às fontes. Quantas frases saídas da minha boca para o teu ouvido, desenhadas de propósito para te fazer rir, regressaram a mim. Nos jornais, como "citações da semana" saídas do teu nobre cérebro.

Repara que eu não ponho em dúvida a nobreza e vastidão do teu pensar. Eras uma tese de doutoramento existencial em movimento. Alguma vez te disse isto? Pensavas tanto e tão bem que intercalavas sempre as citações nos sítios certos. Não precisavas de as engolir e vomitar como pérolas próprias. Tornaste-te ostra, sim; molusco, ou menos pessoa, se preferires.

A princípio eu ofendia-me, replicava — fazia teatro. E isso era a verdade. Mas desisti; tu não fazias teatro nenhum.

— Que importância é que isso tem? Não me vais agora fazer uma cena de ciúmes por uma história que eu me esqueci que era tua.

A Lia era assim. O Partido era assim: um clube onde ganha o que mais depressa conseguir caçar e comer as qualidades dos outros. E isso, explicavas-me, não era mentir. Entraste no mundo especializado onde mentir era diferente de omitir. Muito menos grave. E a traição só existia quando muito repetida, nos mesmos lugares, com as mesmas pessoas. O resto — inconfidências, sexo, intrigas, queixas — eram apenas escapadelas humanas.

O teu código moral burocratizou-se; havia alíneas para todas as infrações. E mesmo as maiores passaram a ter pouco valor. Aprendeste que é mínima a distância entre um deslize e um crime. Que todos podemos, num dado instante, escorregar para o negro. Uma bebida, duas, um bêbado, um assassino; um charro, um cheiro de coca, uma dependência, um ladrão. A vida tornava-se assim. Incontida. Demasiado simples e complexa. Música em crescendo, ensurdecedora. Sem qualquer verdade de partida.

— Que importância é que isso tem? Pior é quando eles pegam num projeto meu e proclamam que é deles. E eu já me habituei: são homens, são muitos, sempre governaram assim. Se a guerra se faz com mísseis, não adianta cansar-me a atirar-lhes pedras.

Tinhas resposta para tudo, raios te partam. No tempo em que estudavas História, a tua especialidade eram as perguntas. Interrogavas o passado com veemência e método: porque é que isto foi assim? Porque é que as outras possibilidades não puderam ser? Onde é que está a verdade, para além dos fatos?

Riam-se de ti, quando falavas da verdade. Repetiam-te que a verdade não existia — porque essa era a verdade do pedaço de tempo que nos era dado viver. Mas tu não te instalavas no teu tempo. E preocupavas-te continuamente em não te instalares num outro qualquer tempo que te tornasse anacrónica.

— Quero lá saber que me achem caduca. Mas rala-me pensar que posso não ter mais do que ideias-de-reação. Não nos podemos deixar levar para o campo do inimigo, meu querido.

O campo do inimigo. Sabias desenhá-lo com a nitidez de um relvado de futebol. Gostavas de futebol porque era parecido com a verdade. Mesmo com árbitros comprados. Ou notas correndo em rios gordurosos debaixo das mesas de fiscais, empresários, advogados. Mesmo quando se tornou um negócio. Os maus e os bons, os puros e os impuros; sim, o correr das notas tornava as distinções mais árduas. Mas o sol sobre o relvado decidia tudo — as pernas dos homens correndo atrás da bola da verdade.

— Vê-se tão bem quem joga com tudo o que é e quem joga só com o corpo, dizias tu. Porque é que a vida não é transparente como um jogo de futebol?

3. De quem é esta morte encenada em caixão? De onde vem esta febre fria que me sela a boca? Luto para fugir desta caixa onde me expõem e me lamentam. Se ao menos soubessem rezar. Pai Nosso, eu não quero já o céu. Aos vivos, incomoda-os o cheiro dos mortos. Por isso o sufocam em flores, incenso, velas, tudo o que possa manter esse cheiro longe do corpo concreto, ainda carne, ainda quente. No lugar do morto, é o medo que enjoa e entontece. O medo que os vivos têm de mim, agora, do futuro que lhes anuncio, vestida para enterrar. Esse medo cria ondas de calor, ondas enevoadas, que a luz das velas, a baba dos sussurros amplia.

Meto-te medo, também a ti? Aqui imóvel, de olhos fechados, olhando-te ainda, para não me olhar a mim, para me afastar do cheiro a medo que é talvez o cheiro derradeiro. Concentro-me em ti, no cheiro da praia, algas e rochas, no cheiro do mar onde tantas vezes mergulhámos juntos, nos cheiros da vida que me salvem desta névoa maciça, da piedade irremediável de mim. Pai Nosso, deixa-me olhar para ele. Deixa que os meus olhos mortos subam na luz das velas, devagar, para olhar para ele.

Contemplo-te, finalmente. Nunca pensei ver-te de meias desemparelhadas — uma cinzenta, a outra preta. Quando cruzaste as pernas e ergueste as costas com um suspiro, deitando a cabeça para trás, apercebi-me desse pormenor e só então me comovi. Porque aquela tua pose sofredora, uma hora sentado de cabeça baixa, podia não querer dizer nada. Ou melhor, podia querer dizer tantas coisas que se tornava uma pose branca, de uma elegância sombria distante de mim.

Passei a vida inteira a querer interpretar-te — oh! delicioso desperdício! — e nem sequer era por amor. Quero dizer, não era por causa daquela coisa que põe as pessoas numa exaltação de posse e de sexo. Através de ti eu existia antes de ter nascido, no vocabulário áspero e secreto de uma guerra que já não me pertenceu — moita carrasco, gatilhos olvidados, o tanas. Nem naquela noite em que despejámos sozinhos a tua preciosa garrafa de whisky velho irlandês e ficámos a ver a primeira demão do sol sobre os telhados de Lisboa nos ocorreu, sequer por um segundo, experimentar isso a que chamam a vertigem do corpo. De certa maneira, sabíamos de cor o corpo um do outro; trocávamos inibições e desaires como os miúdos trocam cromos. Mais do que alegria, era uma espécie de orgulho que nos estonteava nessa troca de intimidades funestas. Sem dormir contigo, aprendi de ti as vitórias e misérias de um homem, o rigor turbulento do prazer, o pavor de falhar, a relatividade das entregas como regra de entrega absoluta.

Sobretudo, gostava de te ver. A escolher lenços de seda italiana, por exemplo, abrindo e fechando as gavetas arrumadas por cores. Podias viver a pão, água e cigarros — mas nunca sair sem um lenço de seda pura ao pescoço. Os teus lenços, como me embaraçavam, ao princípio. Por causa deles, arquivei-te na pasta dos galãs decadentes. Eu era exatamente o oposto: parecia-me um escândalo que se pudesse gastar o salário de um mês numa fatia de tecido, escolhia a roupa em cestos de feira e nas cores dos filmes dos anos 50, deixava-a amontoada nas costas da cadeira do quarto semanas a fio. Mas tu gostavas de olhar para mim. Gostavas dos meus ténis brancos no meio dos sapatos altos, da roda das minhas saias cor-de-rosa por entre os tailleurs azuis escuros. Eu era sempre o que parecia, tu ias sendo tudo o que parecias. Creio que por isso fomos tão íntimos — e por isso nos afastámos tanto.

Quando o teu rosto surgiu, num tremor de velas, sobre o meu, eu já não te via há cerca de um ano. Com aquilo a que chamavas o meu sentido de humor gaiato — e aproveito para te informar que sim, é a última coisa a desaparecer — o teu ar compungido deu-me vontade de rir. Se pudesse, claro. A lista das namoradas? O tema da próxima festa? Uma ida a Nova Iorque? O que estarias tu ali a planear, naquela tão eloquente compostura de viúvo? E então cruzaste as pernas. Ficaste uma boa meia hora de pernas cruzadas e não deste pelo terrível erro. Nem tu nem ninguém, está descansado: nos velórios, a luz é baixa e o morto, apesar de tudo, demasiado presente. Ora o morto, na ocasião, era eu. Ainda tão pouco habituada à ideia que a palavra "morta" não se me ajusta. Por isso te procuro com as palavras da vida, as palavras com que tu me reconheceste e amaste. Mas que sei eu das horas que passaste a velar-me, que sei eu do tempo, agora, que a vida se desenrola diante de mim como um filme longínquo?

Neste lugar sem lugar, passado, presente e futuro são contemporâneos. Desabam para o interior do seu próprio excesso de existência. Mas a mágoa persiste, resplandece na desordem. Os meus olhos que já não o são veem agora tudo o que foi, tudo o que poderia ser, tudo o que é. Concentro-me no que é — estou morta, todos me choram, finalmente despidos da maldade pequena, contínua, mineral, que os vivos entre si aplicam como lei de sobrevivência. Era esta a glória que eu sonhava em adolescente: a de congregar toda a tristeza em volta da minha saudade.

Toda? Falta-me alguém que não és tu. Falta-me o lugar da minha morte — o escuro de umas escadas onde se ouve o barulho da chuva, de umas escadas onde aprendi a chorar. Fui esse lugar, a antecâmara da paixão. Fui o interior do corpo de um homem que não pode ver-me morta. Ele deita-se neste instante no chão do lugar onde há muitos anos me matou. Eu sei que ele está lá, nessa casa agora deserta, nessa casa que ele guardou para ele. Nessa casa que eu queria, quero ainda, que ele tivesse guardado para mim. Encosto-me à porta dessa casa esconsa que guarda o que não sabes de mim, o que eu nunca quis saber e fui. Nunca mais posso bater a essa porta, nunca mais posso chorar para que a porta se abra e me mostre, na névoa das lágrimas, o lugar do amor. Estou morta. Todos me choram. Ele chora. Não há chuva, só o ruído das lágrimas dele. Nunca houve chuva, só as nossas lágrimas, as lágrimas de que fujo, uma vez mais, para o colo espelhento da nossa amizade imanente, moribunda, imortal.

Não me deixes chegar ao céu, meu querido. Eu sempre tive tanto medo de que tu tivesses razão. E se o céu for o desencanto em que crês? E se a nossa amizade mal vivida não couber na perfeição do céu? Deixa-me ser apenas a beleza magoada da tua vida, enquanto a vida for tua.

3. Quando te conheci vivia um período apático. Um dos raros períodos apáticos da minha existência. O esforço do segundo divórcio, a reforma, a morte de um amigo próximo. Entregava-me à cómoda enumeração destas razões. Divorciara-me por iniciativa minha, pedira a pré-reforma porque estava farto do Banco. Só a morte do Alexandre escapara aos meus desejos. De repente, estava quase velho — como toda a vida me apetecera ser. Com direito a resmungar, a jorrar sentenças e lançar ralhetes, a ter a razão respeitada de quem já não espera ter mais nada. E vi-me esvaziado, sem perceber porquê. Com vontade de resmungar sem razão, de sentenciar sem sentido. De experimentar de novo a arrogância aflita da juventude. Inscrevi-me no curso de História para preencher esse buraco. Precisava do sangue da batalha infinita. Fazia-me falta o sangue das ideias dos outros, o sangue da História do Futuro que escorre nas salas das Universidades, nas margens intranquilas dos livros. A História fascinava-me, desde criança. Parecia-me a ocasião para cultivar esse gosto antigo. E homenageava postumamente a minha mãe, que nunca se conformara com a minha falta de licenciatura.

Não consegui escutar uma palavra da tua primeira aula: estava, digamos, hipnotizado pela tua extraordinária camisola. Azul elétrico, semeada de barcos à vela e golfinhos de lã. Parecias ter quinze anos — e isto não é um elogio. Não acreditava que uma colegial de subúrbio pudesse ter alguma coisa para me ensinar. Nas semanas seguintes diverti-me a transformar o teu zumbido juvenil em palavras. Ia trepando pelas paredes. Para ti, toda a História da civilização fora construída sobre o objetivo sistemático da exclusão das mulheres.

Lou Salomé era afinal a autora dos poemas de Rilke e da psicanálise de Freud, Alma Mahler a criadora das sinfonias do marido, Camille Claudel o espírito das figuras de Rodin, e por aí fora. Ficaste pior do que uma barata quando comentei que a cadeira deveria intitular-se História das Musas, em vez de História das Mentalidades. Evidentemente, não deste parte de fraca: marcaste-me um trabalho de casa sobre a influência das musas na História das Mentalidades. Defendi, em síntese, a ideia de que a musa funcionava tão somente como um espelho amplificador da luz do criador. Deste-me um 9 e decidiste ignorar-me.

Este jogo fez-me regressar à cor. Entrei num período rubro, coisa que já não me sucedia desde os alvores da revolução. Comecei a ler livros em catadupa. Colecionava argumentos para te cilindrar. Ao mesmo tempo, divertia-me descobrir toda esse plêiade de mulheres que tu me apresentavas. Apaixonei-me pelas sobrancelhas negras — tão parecidas com as tuas — de Frida Kahlo. E pelos seus autorretratos gloriosos, sanguinários. Permanecias imune aos meus exercícios de charme. Para te dizer a verdade, eu não estava habituado a que as mulheres resistissem ao magnetismo natural dos meus olhos azuis. O dom da minha beleza, que tanto me complicara a vida, deixava-te indiferente — a ti, uma rapariga de modestos dotes físicos, tricotadeira de barcos à vela e teorias da emancipação. Eis o que me intrigava.

4. Há tantas coisas que nunca te disse — e dizias tu que eu falava demais. Flutuo por este noante em busca dessas palavras a menos, atravessadas entre nós como um longo corredor de prisão. Em vida, sussurrava: não te perdoo o que não soubeste saber de mim. Este noante revela-me a verdade invingada: não me perdoo o que não soube verter-te de mim. Devias ser o meu herdeiro, o prolongamento da minha luz. Na passagem do ano de 1990, à meia-noite, interrompemos o *mah-jong* e tu abraçaste-me com muita força. Sussurraste-me: "Se eu não estiver cá no ano 2000, joga por mim. E faz-me o favor de ganhares, para variar, cachopa." Nenhum de nós pôs a hipótese contrária — tu tinhas então 53 anos, eu apenas 28. Eu pensava que queria mudar o mundo, eu pensava que tu apenas querias mudar de cenário. Eu pensava que pensava — por isso descobria tão pouco do impensável de nós. A fé pode tornar-se também uma arrogância, e tu sabia-lo, embora tivesses sempre mantido a delicadeza de não mo dizer. Usavas a crueza como um bisturi; atingias numa só frase os tumores do meu entendimento, extirpava-los com rapidez e brutalidade, para que eu não me enredasse neles. Mas nunca me estremecias o sistema nervoso central. Podias ter-me dito:

— Pensas que és melhor do que os outros, porque estás protegida por um Deus que eles desconhecem.

Seria inteiramente verdade, mas a minha história não me permitiria reconhecer essa verdade. E então tu rias-te, e calavas-te. Eu dizia-te coisas bárbaras como essa:

— Eu quero mudar o mundo, tu só queres mudar de cenário

e o teu olhar ensombrecia, numa carícia triste, e a tua boca soltava uma gargalhada desafinada, e dizias amém. Vivi enroscada na minha boa consciência — espelho, espelho meu, existe algum ser humano com melhores sentimentos do que eu? Não me chores, meu querido: o melhor de mim vive ainda em ti, sempre viverá nesse saber da fratura que me faltou, nessa coragem da incompletude que só deste noante consigo finalmente ver. Fui tua professora na Universidade, não consegui servir-te de Mestre, mas encontrei em ti esse privilégio maior do ensino: uma alma capaz de acrescentar cor à tela que lhe apresentamos. Disseste-me uma vez, quando eu fui para a política: "O teu Jesus é o militante revolucionário que expulsa os vendilhões do templo, caraças. Os Deuses assim, em forma de tempestade, arrastam multidões e perpetuam a força das bíblias. Quando ensinavas, estavas mais próxima do Jesus que perdoa Judas, o Jesus que agradece a Judas essa escada de amor a que chamamos perdão. Esse Jesus era apenas um homem capaz de cometer coisas imperdoáveis, solidário com a concreta fragilidade dos Homens. Só esse Jesus me interessa."

Pensei, vê lá tu, que falavas assim por inveja. Nos países pequenos, a inveja torna-se um tema enorme e mistificador, e as teorias da conspiração florescem rapidamente no canteiro da nossa impaciência. Faltando-nos engenho e arte, barricamo-nos na impaciência das teorias. A minha passagem do ensino para a política foi ainda e sempre uma insubordinação teórica — e eu pensava que estava a fugir da teoria para a arte maior da vida.

O que é que te ensinei, afinal? Tudo o que havia de original na minha tese de doutoramento foi escrito e pensado por ti. Em vez de te aconselhar a que prosseguisses uma carreira académica, suguei-te, copiei os teus trabalhos sobre os paradoxos do ideário feminista, conquistei um louvor à custa da tua anónima criatividade. E convenci-me de que tudo se tinha passado ao contrário, de que fora eu a pôr na tua cabeça as ideias que me devolvias, ligeiramente ampliadas. Eu era, por definição, a perfeita, a escolhida por Deus. Se ao menos te tivesse dito "Obrigada". Deus da minha imperfeição, entorna um mililitro da minha voz morta nos sonhos do meu amigo, deixa-me dizer-lhe esse obrigada que tanta falta me faz.

4. E dizia eu que tu falavas demais, gaiata. É verdade que não paravas de falar. Mesmo ou sobretudo sem palavras, com o movimento do teu corpo, a força dos teus abraços em carne viva. Às vezes sacudia-te, só por aflição, imagina, uns desenrascanços de timidez que me punham as moléculas a ferver — não sabia abraçar como tu, percebes? O abraço que me deste naquele fim de ano, já lá vão doze anos — terei sabido recebê-lo? Alguma vez te abracei como merecias?

Quando tu vivias, eu podia acreditar na alma, lama, mala interestelar, o caraças que tu quisesses. Porque a gente olhava para ti e via essa coisa transparente e firme, esse nó de sangue, secreções e luz a pulsar como um farol. Agora, tudo e todos me falam do "espírito que permanece", os teus padres invocam-te, a ti e a dezenas de outros passeantes do Paraíso, a despachar, que as missas querem-se também rápidas, eficientes, *by the book*. E eu não consigo acreditar nas almas abstratas, bolhas de ar discretas arrotadas entre um chá e dois suspiros.

Fazes-me falta, merda — já te disse? O seráfico do teu Jesus, porque é que não me acode? Porque é que não te ressuscita — por umas horas, Senhor, o que são umas mariquíssimas horas para um gajo repimpado na eternidade?

Cachopa. A falta que fazem ao mundo as tuas certezinhas absolutas sobre o Bem e o Mal. Certezas um bocado aldrabadas, está claro, com fendas por todos os lados. Coxeavas um bocadinho da alma, lá aparecia um rasto de lama debaixo da bainha, mala feita à pressa, com a roupa engelhada de quem muito viaja. Mas que graça tinha o teu anímico coxear, garota. Gamaste-me uns trabalhitos sobre o teu excelso mulherio — e eu gozei arabicamente a tua aflição impudica. Nunca te acusei, nunca soltei uma graçola *à propos* — uma só que fosse. Para te fazer sofrer um pedacinho, confesso, para que tu percebesses que eu tinha percebido. Oh, pueris, patéticas estratégias.

Tanto que eu queria agora dar-te o amor total e infantil que tinha para te dar. Racionei-o a vida inteira como a porra de um chocolate de leite — por que vivemos como se o tempo nos pertencesse infinitamente, como se pudéssemos repetir tudo de novo, como se pudéssemos alguma coisa? Espero que não tenhas levado essa culpa estúpida para a tua morte. Espero que saibas que fiquei orgulhoso, impante de vaidade quando integraste no teu doutoramento os meus pobres trabalhitos. Se não fosses tu, nunca teria estudado aquelas amazonas todas — e, agora que ninguém nos ouve, posso até acrescentar que as tuas heroínas contribuíram para a animação da minha existência. Positivamente.

Deus onipotente em que não creio, acorda do Teu sono eterno e vai dizer à minha amiga o obrigada que eu não soube sussurrar-lhe ao ouvido. Não Te faças surdo, Deus cruel e ocioso. Olha que eu sou capaz de rebentar conTigo. Rebento, mas rebento-Te primeiro fama e glória. Ou pensas que já me esqueci do inferno que me desaguaste em África? Se sobrevivi àquele pesadelo, também sobrevivo a Ti, Deus sem dó.

5. Quem me dera parar de te ver. Voltaste a deixar crescer a barba, que usavas quando te conheci e nunca te ficou bem. Passas horas de manhã na cama a ouvir as canções que eu amava e tu desdenhavas — "menina, isso não é música, é um passatempo de pobres de espírito!" Nunca mais ouviste os teus clássicos, as grandes óperas nas grandes vozes, as grandes sinfonias pelos grandes maestros. Eu usava a música como banda sonora, canções feitas à medida de cada estado de alma — Chico Buarque, Joni Mitchell, Sérgio Godinho, Serge Gainsbourg e até — para teu supremo escândalo — os fados da Amália, que só te recordavam o país desbotado de quando eu não tinha nascido, a miséria da guerra que feriu toda a tua vontade de ideais.

Por favor, para. Não aguento ouvir daqui de tão longe, tão longe da minha mão sobre a tua cabeça, essa canção do Pascoal: "Quero a luz escura dos sonhos contagiados/ As sobras das almas que inventámos/ O coração ardido dos antigos namorados/ As histórias que afinal não contámos." Escutei-a pela primeira vez há uma eternidade, quando o Pascoal acabara de a escrever e eu namorava um astrofísico com o qual só não casei porque ele não suportava a mediocridade de Portugal e eu não suportava a ideia — por muito medíocre que fosse — de viver longe de Lisboa.

Éramos muito novos, sabíamos tudo. Achávamos que a vida era uma instalação multimídia, erguida pelas nossas mãos para a nossa glória. Acreditávamos nos percursos pessoais. E olha para mim agora. Não me vês, claro, provavelmente estás já a esquecer a cor da minha pele, as minhas cicatrizes arrefecidas. Estou perto de ti, sobre o teto da tua casa, abaixo da linha onírica dos aviões, nesse rascunho de nuvens de onde se alcança uma reduzida visão de conjunto. Posso ver-te a ti, aos teus vizinhos, à tua rua. Posso escolher as ruas que quiser — todas serão iguais, porque eu não estou lá. Todas as ruas da cidade nos serviam de espelhos, lembras-te? Calçadas irregulares, colinas destravadas que nos davam uma nesga de azul-rio de bónus, azulejos escorraçados de outras vidas, avenidas que cresciam de repente mas nunca deixavam de ser foscas. Os meus passos não criam eco, a minha voz não tem sombra. É a ti que vejo porque não consigo deixar de te pensar. Queria desvendar o Grande Mistério: como vive ele, longe de mim? Descubro-te a viver como eu vivia — mas a canção do Pascoal, não. Tu não estavas lá quando eu a ouvi. Tinha na minha a mão do jovem astrofísico que deveria ter casado comigo. O Pascoal cantava quase em surdina, só com a viola. Ensaiava os arranjos, queria saber se a canção estava perfeita. Convidava às vezes amigos, poucos, para estas ante-estreias secretas em que surgia com uma ansiedade de pássaro, quase tímido, como se também ele fosse muito novo e tudo pudesse ser muito importante. Tu não estavas lá, mas depois, quando começaste a estar, eu cantava-te essa canção sempre que voltávamos para casa — sempre que tu me deixavas em casa — ao amanhecer. Cruzávamos a cidade à hora em que a luz do sol se mistura com a cinza amarela dos candeeiros. Respirávamos o ar lavado dessas primeiras horas, um ar molhado que fazia brilhar os carris dos elétricos e inundava de rosa velho as persianas corridas. Tinhas medo do escuro, tu. Por isso te deitavas de manhã, eu muitas vezes nem isso, tomava um duche e ia à luta. Agora já não posso dormir, velo-te o sono sem saber a quem velar. Adormeces ao som das minhas cantigas, depois do Pascoal, o Brel, o Aznavour da Veneza dos amores mortos, canções ligeiras, cançonetas de comover porteiras, dizias tu, cançonetas que sossegam agora o teu interdito coração de porteira e me gritam que já nada posso por ti, por mim, pelas horas todas que nos esquecemos de viver.

5. Quantos dias demorarei a esquecer o teu rosto? Lembro-te a cada minuto. Parcela a parcela, para não te perder. Para me perder inteiro nesse objeto móvel que tu foste. Os olhos negros, escavados, sempre olheirentos. As tais sobrancelhas Kahlo. O nariz adunco que te fazia fugir dos retratos de perfil. O sinal no pescoço alto, à direita. Os braços ossudos, compridos. As mãos quadradas, como as unhas, sempre cortadas rente. Sem verniz. Ainda e sempre uma questão de princípio; o verniz das unhas era mais um símbolo veemente da submissão das mulheres aos homens, se mais não fosse, pelo tempo que é necessário investir nessa atividade. Eu concordava contigo, mas por razões estéticas: garras coloridas e afiadas remetiam-me para costumes bárbaros, odores de bairro da lata, rituais primitivos. A graça dos teus cotovelos pontiagudos espetados na mesa, as mãos rasgando a noite mais depressa do que as palavras. A boca grande, com uma fila imensa de dentes irregulares sempre a postos para a próxima gargalhada.

Uma vez procuraste-me, num *vernissage* qualquer, com os olhos afogados em lágrimas, porque uma qualquer marquesa ou assimilada te tinha dito, com um sorriso benfeitor, que conhecia um ótimo dentista a que te aconselhava que fosses para resolveres o teu problema com os dentes. Responderas-lhe, evidentemente, que não tinhas qualquer problema e que os dentes tortos faziam parte do teu encanto particular, ao que a marquesa retorquira, com um esgar em dó menor, que ainda bem que há pessoas felizes de serem como são. Contaste-me tudo isto de rajada, ao ouvido, numa voz trémula que me indignou. Dei-te o braço, dirigimo-nos à dama, osculei-lhe a pata com olhos de encornador e depois recitei-lhe: "Não leve a mal, mas hoje já há tratamento para essas manchas tão desagradáveis que surgem nas mãos com a idade. Terei todo o gosto em indicar-lhe um excelente dermatologista, que faz autênticos milagres."

Não o fiz só por ti, miúda. Experimentava um prazer maligno em desmoronar este gênero de bichos; a passagem instantânea do deslumbramento ao horror desfigurava-os, revelando-lhes a caveira escamosa de crocodilos interplanetários. Tornamo-nos profissionais deste jogo da verdade, para o qual recolhêramos inspiração no *They live* do John Carpenter, um dos muitos filmes que nos caçaram juntos.

A princípio, declaravas que se tratava de uma obra menor, tão simpática quanto primária. Mas à medida que te alagavas na estrumeira da política, apanhavas o rigor exato da fita. De fato, eles vivem, e só com uns especialíssimos óculos escuros alguns de nós conseguem vê-los. Outros, como tu, tentam mesmo eliminá-los, para que o mundo seja esse lugar humano que ainda não chegou a ser. O problema, queridíssima, é que os que mais tentam parecem destinados a finar-se num fósforo.

O raio do teu Deus, se existe, é muito mais pérfido que nós os dois juntos. Desde que tu lerpaste, só consigo ver crocodilos. E tens razão: eles vestem fatos Hugo Boss, camisas Ralph Lauren. Concedo: até lenços de seda italiana, como eu. A identificação pelo aparato, brincavas tu. Como nos povos primitivos, afirmativo. Mas não seremos todos, mesmo os que o sabem, seres tribais, regidos pelo princípio de participação? Que lógica há neste discorrer caótico que me liga a ti, que me faz procurar-te no verde cruel desta Primavera falsa?

Não acredito em deuses nem em demônios. Todavia registo os teus sinais, tranco-me na solidão para te escutar. "Quero a luz escura dos sonhos contagiados/ As sobras das almas que inventamos/ O coração ardido dos antigos namorados/ As histórias que afinal não contamos." A voz do teu amigo Pascoal, um dos sortudos que te encantaram antes de mim.

Ontem tive a nítida impressão de que me pedias que te fizesse ouvir uma série de cançonetas daquelas de que tu gostavas. Estranhamente, obedeci-te — eu, que abomino essa corruptela a que chamam música ligeira. Dizias que, se a música fosse uma grande arte, haveria um cortejo de compositoras. Mas não há uma só mulher entre os grandes compositores. Em contrapartida, todos os ditadores são melômanos. Para ti, estas eram as provas irrefutáveis de que a música era apenas uma artezita corriqueira. Curiosamente, desculpa a observação, os teus cançonetistas também são quase todos homens, minha querida. Pior do que isso; homens comoventes.

6. Se ao menos pudesse ocupar-te sem a estranheza da dor, acordar de novo dentro da tua cabeça, tão interior à minha que nem pressentiste que eu podia estar a desaparecer. Foi o Pascoal quem o pressentiu. O Pascoal que vive entre notas de música e gritos de dor, o Pascoal médico que substituiu o sentido pela salvação, e que adormece diariamente com um morto a menos sobre os sonhos. Quis salvar-me, eu não deixei, e agora tem remorsos — o prémio contínuo da sobrevivência. Tu dir-lhe-ás:

— Não podias fazer nada, esquece.

Tu és o único que não me pode esquecer. Esquecemos alguma vez uma parte do que somos? Esquecemos apenas o que podemos isolar na lembrança — e há muito tempo que tu já nem sequer te lembravas de mim. Se desviar os olhos do presente de ti encontro-te na ressaca da nossa amizade, comentando o meu arrivismo ou o meu mau gosto com algum conhecido de passagem. Ou deixando comentar, o que é o mesmo. Por isso não posso desviar-me do que fomos, a sós, a dois. Para apagar do céu as palavras más que também eu disse ou deixei dizer sobre ti. Tantas, tão pobres nos seus andrajos de cobardia.

Trago-te no riso enterrado, nas lágrimas que me lançaste, escadas de incêndio para a sabedoria da felicidade, na pele escaldada pelo brilho da noite, depois do mar. Falámos demasiado para que eu recorde do que falámos, vivemos demasiadas vidas para que eu as possa separar. Para que eu me possa separar de ti. A memória tende a desfibrar-se, víscera velha, nesta condição a que chamarei apenas imaterial para não te assustar. Vejo tudo, continuamente, o espetáculo da vida interfere com os sentidos da minha deambulação ao passado. Mas o que é o passado? Só para os vivos os mortos têm passado — o pior da morte é este presente obrigatório, este noante suspenso.

Neste presente obrigatório vejo a minha Mãe cansada, não só do meu Pai mas também de mim, a chorar de raiva ao telefone por se ter deixado engravidar e casar. E duvido pela primeira vez deste Deus que não tem a caridade de mudar as imagens do passado. Ou, pelo menos, de me vedar o acesso a elas. Qualquer dia olho para ti e já não sei quem fomos — encontros, desencontros, iras, ressentimentos, tudo se transforma numa massa fosca, pesada, que abandono a pouco e pouco.

Começo a ver-te fora do tempo, esforço-me muito para recapitular o que me traz aqui, quase sobre o teu ombro. Gostava de poder afagar a tua farta cabeleira grisalha, tocar as tuas mãos longas, abraçar-te — tudo o que considerávamos piegas. Inclino-me sobre a tua cabeça mas não consigo decifrar-te o pensamento — lembras-te dos anjos de Wenders, vergados pela impotência da sabedoria absoluta? O estado em que me encontro é muito mais angustiante: como se vivesse em sonolência diante de um filme que já não posso recriar, vendo tudo, o passado e o futuro, que afinal são um só ser hermafrodita, e aprendendo demasiado tarde o que não fui capaz de ver. Deve ser isto o limbo.

Deus virá buscar-me — ou, mais humildemente, mandará buscar-me — para me conduzir a uma outra dimensão. Virás? És tão humano, Deus da minha fé, que procuras o amor das pessoas para Te esqueceres delas? Talvez então eu mereça o cargo de Teu anjo da guarda. Seria uma vingança divina, pobre amigo. Ou, sem ironia, seria a reposição da justiça das coisas. E da paz, sobretudo — a paz que tão pouco respeito nos mereceu.

Uma fotografia minha sobre a cómoda do teu quarto — já lá estava, ou foste buscá-la quando soubeste da minha morte? Tão pouco importantes, estes alfinetes dos sentimentos. Crueldades lentas de criança. Os olhos uivantes da minha mãe, quando me apanhou a alfinetar os bichos-da-seda. Eu só queria ver como eram feitos por dentro. Como aquela esponja se transformava em borboleta. Eu só queria ver de que material era feito o teu amor por mim. Precisava de escangalhar o teu coração para o fazer encaixar no meu. E agora tenho que o desencaixar outra vez para sair deste limbo. Mas não sei como. Sem o teu coração não consigo amar — não me abandones outra vez. Logo eu, que amava o mundo inteiro, não é? Amar em abstrato é muito mais ágil do que amar em concreto.

Verifico agora que a minha dedicação às Grandes Causas foi crescendo na proporção inversa da minha decepção com as Grandes Pessoas da minha vida. Tomei a amizade como uma versão adulta e vacinada do amor, o que significa que transferi para a casa dela a artilharia pesada do meu batalhão de afetos. Substituí o Príncipe Encantado pelo Amigo Maravilhoso, que eras tu. Podias ser meu pai, eras o meu discípulo. Nada nos poderia separar, porque estávamos naturalmente livres das armadilhas do desejo, da via-sacra da posse e do sacrifício. Quanta candura. Uma vida inteira desperdiçada em candura — e nem sequer tive tempo para mudar o mundo.

Deus é misericordioso; põe-me diante de ti, em vez de me despachar a alma para um desses países onde as mães mutilam as próprias filhas, cortando-lhes o sexo à faca e cosendo-as com espinhos. Ouço continuamente os gritos dessas meninas — acordei com eles a vida inteira. Abria os olhos escutando concretamente esses gritos vindos da Somália ou do Sudão, esses gritos que podiam ser meus. Julgava possuir todas as chaves do sofrimento. Chamavas-me presunçosa, talvez tivesses razão. Não há entendimento para o sofrimento do outro — só essa distância paternalista a que, nos casos felizes, se chama compaixão. E isso pode bastar como método de guerrilha, mas não como teoria de superação. E sem o sangue calcinado da teoria não se atinge a graça do Paraíso Possível. Sem teoria eu, infiltração quotidiana do teu ser, não existo.

Sempre vivi em teoria, assustada com os buracos negros entre fulgurações — muito mais do que tu. Assim nos encontramos agora — eu, filha de um Deus desleixado, tu, fervoroso praticante das distâncias impensáveis. Não sei pensar sem ti. Deslizo pelas esponjosas paredes da morte e capto a revelação da tua orfandade — não sabes amar sem mim.

Nós éramos um do outro. Coincidimos e rejeitámos a coincidência, com a petulância típica dos pobres, confinados à prisão do seu sofrimento. Nós éramos um do outro e não o descobrimos, preferimos respeitar os protocolos da nossa era, dar prioridade à voz obrigatória do corpo. Nós éramos um do outro de outra maneira — de uma maneira escura, espessa, transcendente. O que podíamos nós, escravos da Inteligência Suprema, escutar de transcendente? Como podíamos nós, ilustres servos da História, alcançar a luz trémula do pequeno milagre que nos era dado?

Todas as manhãs eu saltava dos lençóis como uma chama. Ia queimar a brutalidade humana. Ia acabar de vez com a normalidade do mal. Ia acabar também, verdade seja dita, com o meu duro anonimato. Saí da Terra sem conseguir que ela desse um passo que fosse para sair desta barbárie, mas o meu Deus só me culpa da imperfeição do meu amor por ti.

A imortalidade é irrelevante; deste lado da morte é a mortalidade que cintila: saber-me mortal dava densidade e cor às pedras do meu caminho; porque eu era mortal, a lua lembrava-me o amor e o mistério, e no céu inundado de estrelas estremecia o meu desejo de futuro. A única substância incompreensível é a mortalidade, que só o ser humano conhece. A vertigem da mortalidade levou-me ao ensino: bandos de jovens de olhos ansiosos diante de mim, sucedendo-se uns aos outros como nuvens leves numa noite de Verão. Até que tu apareceste, com o teu sortido de idades misturadas, e restauraste a minha quase esgotada juventude.

6. Há uma energia ética nos funerais. Um desespero pelo bem que lança pó de estrelas nos olhos e apaga os pequenos ressentimentos quotidianos. Amanhã voltaremos a invejar-nos uns aos outros. A maldizer o próximo pela calada. A trair grandes amigos em pequenos cafés de negócios. A ser bonzinhos só de vez em quando. Mas amanhã não estarás cá tu para gritar que esse "de vez em quando" é que importa. Amanhã não estarás cá tu para limpar o pó à humanidade e persistir na cintilação das almas. O que é uma alma, diz-me lá? Lançavas a cabeça para trás e repetias, teatral, autêntica: "A alma é um vício." "Isso não é teu, é da Fanny Owen da dona Agustina", recordava-te eu. Encolhias os ombros e riaste: "Claro, mas esta frase transformou-me a vida. E aquilo que nos transforma é nosso, meu traste, queira ou não queira." E então eu declinava em Norte bemol, para te enervar: "A ialma é um bicho, a ialma é um nicho, a ialma é um espicho..." Metias os dedos pelos cabelos e suspiravas: "É isso tudo, sim, mesmo que não queiras atrever-te a dar por isso." Chegaste a dizer que eu era o eco da tua alma, ou já estou a inventar?

Quando as coisas deixam de durar, alteram-se. O simples fato de deixarem de ser altera-as, por mais que procuremos fazê-las estancar. Apetecia-me ter gravado fitas com as nossas conversas, filmes com os nossos passeios. Mas depois, quando olhasse para o filme, eu seria outro. Um outro a matutar numa imagem que já não era eu, que já não eras tu, apenas aura — essa aura que os filmes fabricam, luz do que já não é, do que já nunca fomos, mesmo que o tenhamos sido. A sequência final desse *Annie Hall* que tu amavas como se fosse a tua vida — e era a tua vida, a vida ardente e confusa com que sonhaste aos catorze anos, a vida sôfrega de ebulição que construíste como um castelo de legos dispersos. Essa sequência era a apoteose e a negação do próprio filme, porque o amor que sobrevive é o das apoteoses obscuras, que não aguentam sequências. Garota zonza. Ri-te de mim agora, náufrago de ti à deriva do meu cérebro. Tem caruncho, o meu cérebro, já não pega. O Pascoal abraça-me longamente e pede-me desculpa por não ter saltado sobre o teu alheamento para te salvar. Digo-lhe:

— Não podias fazer nada, esquece.

E tenho raiva de mim. Tanta que me ponho a ter raiva dele, para sobreviver. Fazemos tantas coisas torpes para sobreviver — ah, se tu soubesses. Não querias saber — preferiste sempre ver os bombeiros que salvam, os Mandelas que resistem, os jovens capitães que nos entregam a liberdade de cravo na mão e voltam para casa. Onde outros contavam navalhadas, tu inventariavas gestos de claridade. Desconfiavas, sensata, de heróis mediaticamente embuçados ou embrulhados em panejamentos exóticos. Nem no fulgor da adolescência te deixaste levar pelo romantismo dos terroristas talhados para substituir os *chauffeurs* russos no coração das burguesinhas aventureiras. Sempre tiveste o dom de ver claro, esse dom tão raro a que se chama, com um desdém proporcional à sua raridade, senso comum.

De modo que, sem senso nenhum, invisto a minha raiva nos olhos mansos desse teu amigo que teve um pressentimento e não soube salvar-te. Se ao menos me tivesse telefonado, catano. Eu ia buscar-te — mas não, não teria ido porque eu nunca acreditei em pressentimentos. Nem acredito — sempre póstumos, chamando a atenção para o iluminado imóvel, depois da conclusão da desgraça. Não acredito em nada, de fato, a não ser naquilo a que tu chamavas “o Bem” e eu, alérgico ao odor de igreja que se desprende dos substantivos abstratos, prefiro chamar capacidade de renovação humana.

Sim, coincidíamos nessa visão do mundo que o desdém dos cínicos considera otimista. Por cada ato de horror encontrávamos uma quantidade infinita de atos de amor. A nossa comum paixão pela História conduzia-nos à generosidade humana: na sombra de cada ditador, encontrávamos uma multidão de democratas; nas pregas de cada massacre, milhares de vidas dedicadas à felicidade alheia. Os semeadores de horror sempre foram uma minoria — uma minoria eficiente, sim, mas que engorda na proporção exata em que se acredita no seu poder. E nós os dois recusávamo-nos a acreditar. Fazíamos dessa recusa quotidiana uma guerra contra a multiplicação publicitária do terror. Tu vias Cristo em cada pessoa, eu via apenas a pessoa de cada pessoa. O que era exatamente a mesma coisa, se descontarmos as tuas rezas, e a minha convicção de que, às vezes, o sangue só se mata com sangue.

Rezas agora por mim? "Anjo da guarda, minha companhia, guarda o meu ser de noite e de dia." Pode ser? Mesmo que saibas que eu torceria de bom grado o pescoço ao gordo do teu Deus, se isso pudesse trazer-te de volta à vida. Pode ser? Quem com ferros mata, com ferros morre. Quem não se sente não é filho de boa gente. Pode ser? Entendes-me, assim, na língua da selva da *vox populi* de que tanto gostavas?

És agora apenas uma fotografia ao lado da minha insónia. Uma memória que me fala sobretudo, como todas as memórias, daquilo que não existiu. Nesta fotografia te esqueço. Meticulosamente, de cada vez que me esforço por reter-te e começo a inventar-te. Tudo em ti tem asas, agora — o teu riso, os teus passos. Até nas poucas frases que de ti recordo há um restolhar de penas. E deslizo para esta solidão demasiado humana de não poder voltar a ser sozinho, como era quando tu existias, nesta mesma cidade, e eu já nem sequer pensava em ti.

7. São três e meia da manhã no teu relógio. Nesta noite de Agosto ficas diante da televisão a ver a última *tournée* dos Rolling Stones. Um dia comparei a música dos Stones aos livros do Vergílio Ferreira, para teu escândalo: ambos dedicaram a vida inteira a agravar a ferida da adolescência. Aos cinquenta e muitos anos, Mick Jagger mantém a pose, a energia, o movimento frenético de um rapazinho incontido. É o que era, só que ainda em maior grau — e dessa disciplina da imagem que poderia dizer-se patética resulta uma estranha definição de rigor e de lealdade interior. Os outros Stones parecem aves velhas embrulhadas em penas de pavão — mas já em novos inspiravam esta ideia de velhice contra a corrente. Mick era fúria pura, sexo e inocência em combustão fria — e é isso que continua a ser.

Tu eras pré-Stones, e rias-te. Dizias que o meu fascínio por este conjunto de homens mal talhados representava a cristalização da minha juventude, e tinhas razão, é por isso que os Rolling Stones continuam a existir: porque se alimentam da mais passageira de todas as mortalidades, e a reproduzem gesto a gesto, até à exaustão. Como a escrita de Vergílio — cantando e recriando a voraz permanência do belo, desfibrando a erótica interior do feio.

Claro que há um deserto insaciável de diferenças entre todas as coisas — mas porque insistias tanto em acentuar esse deserto, em vez de procurares a comunhão das obras? A tua erudição enfastiava-me; um museu de contrastes, a isso se resumia a vida para ti. E eis-te agora seduzido pelo Mick Jagger da eterna juventude, seduzido por mim, sobre o espelho embaciado do tempo. A sombra que eu sou projeta-se no teu corpo e resplandecemos, aura azul no frio da tua madrugada.

7. Na sala escura, solta-se da televisão acesa uma neblina azul que parece trazer-te dentro. Este jorro de melancolia movente convoca-te. Dentro do ecrã salta agora Mick Jagger, um homem que nem sabe que tu exististe. Um homem que talvez nem exista fora desta imagem estereofónica e que me recorda de ti. "Queria ver-lhe os olhos verdadeiros e a boca e a face, mas não estavam lá. Porque eram só uma aparição difusa incontornável como a luz do ar que não se via e era só iluminação." A tua voz sobre estas palavras. De que livro as lias?

Tinhas o hábito de disparar em voz alta as frases que mais te deslumbravam, sem respeito pelo silêncio no qual os outros liam outras coisas. E eu engatilhava o melhor dos meus sorrisos amarelos, dizia "É bonito, muito bonito". E então tu entusiasmavas-te e metralhavas um capítulo inteiro. O que era muito irritante, no momento — eu estava a ler outra coisa. Mas depois, quando já te tinhas ido embora, no tempo em que era possível que te fosses embora, eu lembrava-me das tuas leituras bruscas, da rouca solenidade da tua voz, e sorria, embasbacado, para essa brusca memória tão meiga de ti.

8. Preciso que a tua vida seja infectada pela carne da minha morte. Preciso que sejas eu — não como um filho, não, muito mais do que isso. Um filho é uma outra hipótese de vida, é o que nós não fomos, na melhor das hipóteses herda-nos o lixo — angústias cegas, impaciências, o barro resistente à modelagem, o que não quisemos ser. Acabamos por enlouquecer de amor por eles para evitar olhar de frente o desamor de que nascem — no escuro de nós, inventados de paixões mortas e frustrações em série.

Conheci muitas crianças feitas no desespero de uma reconciliação, concebidas *in memoriam* da felicidade de outrora. Outras marcavam o auge exato da paixão — o momento do esplendor antes da morte. Todos os filhos nascem póstumos de um amor que já não flutua no ar que respiram. Tentativas, tentações de ampliar o conhecimento da vida, quando a vida só se deixa conhecer pela porta escura da ignorância, do desentendimento. Das energias assimétricas que nos permitiram isso a que chamamos humanidade — resíduo de resíduos, nascido do desequilíbrio da matéria.

Dizias que o meu imaginário era absurdamente bélico; retorquia-te, injusta, que antes absurdamente bélico do que resignadamente hierárquico, como o teu. Fiquei fascinada com a teoria de Chew e Mandelstram, que explicava a progressiva variação do universo através do choque entre partículas com o mesmo valor, e procurava analisar a História a partir desta ideia de um mundo de diferenças puras em confronto.

8. Organizei a minha existência por iluminações. Dessa forma, todo o amor e todas as vitórias me eram permitidas: já estava morto. Estrangulava as paixões no berço, o que teve a vantagem de as tornar fulgurantes... e a desvantagem de as tornar estéreis. Nenhuma mulher oferece um filho a um homem que honestamente se confesse desprovido de vocação para a permanência. O famoso instinto de maternidade consiste sobretudo nisso; presentes de sangue para atiçar a constância e a culpa dos homens. Falhado o plano, transforma-se o diamante humano em simulacro do objeto amado — e o filho serve de gloriosa deserção da vida.

Disse uma vez a uma mulher: "Não creio que possa envelhecer contigo, mas gostaria de ter um filho teu antes de nos separarmos." Tratava-se de uma enorme declaração de amor, mas a minha sinceridade não comoveu o âmago da minha amada; fez as malas e pôs-se na alheta no dia seguinte. Essa santa tentara durante três anos converter-me à conjugalidade. Deixava o seu *shampoo* esquecido na minha banheira. Eu devolvia-lho, com um grande sorriso, no encontro seguinte. Pedia-me licença para arrumar uma blusa extra no meu roupeiro. Uma ocasião disse-me:

— Eu sei que, lá bem no fundo, tu precisas muito do meu amor...

Eu respondi-lhe com os confortáveis estereótipos do teu discurso, mestra definitiva — e ainda nem te conhecia:

— Os homens-que-lá-bem-no-fundo são um truque de ilusionismo que as mulheres inventaram para poderem continuar a ser vítimas sem ofender as conquistas da sociedade contemporânea.

Fiquei, por conseguinte, órfão involuntário desse filho que não tive. E nunca soube como seria amar para lá da breve chama da iluminação. A ti, garota marota, tinha-te já praticamente esquecido, quando tiveste o mau gosto de morrer.

E eis-me preso à memória escura dos teus olhos, dos teus passos saltitantes, da tua alegria convicta que a partir de certa altura começou a açucarar demasiado a minha vida. Não consigo concentrar-me. Passo os dias com os olhos sobre as letras dos livros que tenho de ler e não consigo entrar neles. E ouço muitas vezes a canção de Pascoal: "A sombra das nuvens no mar/ O vento na chuva a dançar/ Uma chávena a fumegar/ Tudo me falava de ti/ A sombra das nuvens desceu/ O céu alto arrefeceu/ E o mar bravio perdeu/ A luz que lhe vinha de ti." Há quanto tempo não me arde o coração?

9. Sempre fui nostálgica, sobretudo do que não chegou a acontecer. Dos deslumbramentos a haver. Concentra-te na felicidade, para que eu possa existir nela ainda contigo. Eras diferente da maioria das pessoas da tua geração nessa disponibilidade para o novo. A História é uma escola de otimismo — apesar de tudo, sim, apesar de tudo. O Fernando Savater dizia que se teria recusado a nascer antes da invenção da anestesia, lembras-te?

Partilhavas comigo essa alegria de verificar as melhoras do mundo — não é a vida hoje infinitamente mais amável que nos tempos da escravatura, da inquisição ou do nazismo? Outros argumentavam que ainda existem escravos, inquisidores, nazis, vítimas e torcionários. Mas nós respondíamos, incessantemente, esta verdade simples: eles existem, mas nós sabemos. E sabemo-lo porque já não participamos dessa selvajaria. Domesticámo-nos, criámos leis e direitos e esforçamo-nos por os tornar universais.

Olhávamos à nossa volta e não víamos o tão apregoado deserto de valores, exceto na boca dos que mais o denunciavam. O vazio era, para nós, esse consenso de estereótipos sobre um passado mítico, Antes-da-Queda-da-Alma. Como se as almas caíssem à água num *raid* coreográfico simultâneo, afogando as suas toucas de flores e pernas altas em tanques esther willianamente iluminados. Como se a alma não fosse um vício, e por isso resistente, coisa que até a esbranquiçada Fanny Owen podia agustinianamente descortinar. Como se vazio não fosse, desde tempos imemoriais, o nome atribuído, em pânico, ao florescer do novo, de novo regressado.

Criara-se uma rede internacional de Pregoeiros dos Valores Mortos — Altas Autoridades disto e daquilo, com automóveis, gabinetes e altíssimos salários para decidir dos limites da moralidade nas mais variadas áreas. Pessoas que se habituam a fazer coincidir o seu pensamento com o daqueles que lhes pagam, e se julgam honestamente inocentes e livres. Mas em que outra época da História se falou tanto de Ética? Em que outra época nasceram tantas associações de defesa das crianças, dos deficientes, das mulheres, dos animais, dos presos e dos condenados à morte? A Filosofia da Decadência, tão em voga, parecia-nos apenas a variante democrática da Filosofia da Ditadura. Uma forma de podar a inteligência criativa: abriguem-se, meus filhos, que o mundo vai acabar.

Não se passa um dia, nestes anos de fim de milénio, em que um Grande Vulto Criador não proclame, diante de uma euforia de câmaras e uma audiência sôfrega, que a literatura, o cinema, o teatro ou a pintura estão a morrer. Vejo-os, solenes, destinando o naufrágio épico das suas iluminadas posteridades. Infiltro-me no ar transpirado de um café em fim de tarde, e há uma mulher de quarenta e cinco anos, abatida pelo contínuo esforço cirúrgico de não ter mais do que vinte e cinco, que acende um cigarro e diz:

— Ah, os jovens já não se apaixonam como nós nos apaixonávamos.

Vinte anos antes dela, outra mulher de quarenta e cinco anos, muito mais velha porque a cirurgia ainda não tinha evoluído, diz:

— Ah, nós apaixonávamo-nos de uma maneira muito mais forte do que estes jovens de hoje.

Nós nunca dissemos: Ah, no nosso tempo. Ah, os jovens. Nós nunca nos deixámos mastigar pela versão retocada dessa ideologia velhíssima que confunde transformação com degenerescência. Eu queria, quero ainda, agarrar um sentido, costurar as histórias, fazer da História um mar inteligível — e tu ralhas-me, com razão, uma razão que fica sempre aquém dessa ciência impossível que tateio.

Se as vozes se pudessem expor como a roupa dos anúncios de moda de que tanto gostavas, tu sozinho compunhas o catálogo completo dos tons masculinos. Abres cada uma das vogais até à máxima frivolidade, fecha-las de repente para assobiar os ésses à maneira das cobras indomesticáveis. Depois vais ao fundo do corpo buscar a melodia lenta dos sentimentos, que passeias em cintilações opacas sobre os olhos de papel. Assim intermitentemente iluminados, os teus olhos desfiam a lista completa dos personagens que viveste. Deitas a voz em mil véus sobre as palavras, porque sabes que o discurso falha — um grão de vaidade, duas gotas de mentira, uma rodela de pudor. "Que se lixe", dizias. "O tanas", dizias: "De tanto espremeres a vida, acabas espremida, cachopa. E já não tens muito por onde." As palavras contrastavam-te brutalmente com os lenços de seda italiana. Enganam e consolam, as palavras. Como a seda.

Ando à caça de palavras resplandecentes, tropeço nelas dentro e fora da vida, interpreto, magoo-me, interpreto outra vez, sujo-me, borro a pintura da cara que não tenho, das caras que fui desenhando sobre a cara que me faltou — mas ah, os jovens, nunca. Nunca soube o que eram "os jovens", nunca soube o que era "o meu tempo".

Chegava sempre tarde a todo o lado, lembras-te? Provavelmente para chegar mais cedo à morte. Morri tantas vezes antes de morrer — morri sempre que o amor parava, e o amor estava sempre a parar dentro de mim. Parava e crescia, comia tudo o que eu sabia. Eu imaginava frases novas como barragens contra essas vagas que me levavam. Mas as barragens caíam, eu voltava morta à praia, renascia a tremer de frio, na noite marítima. Então construía de novo a minha barragem, agarrava-me aos meus mortos passados, presentes e futuros, envelhecia e renascia, engelhada e sôfrega. Falava. Falava incansavelmente do que sabia e do que desconhecia, esperava que me mandassem calar para ouvir apenas o vento das palavras definitivas dançando como um louco descabelado nesse opaco interior do meu corpo.

Onde está agora o amigo imaginário da minha infância solitária? Morava-me no fígado, nos pulmões, no estômago e no sangue. Sempre que me sentia mal pedia-lhe que consertasse os fusíveis, que me limpasse as entranhas esburacadas, e ele obedecia. O caos era temporário, porque esse amigo imaginário existia, conferindo realidade à minha vida. Há tão pouca realidade numa vida — bocados desgarrados de história, pedras voando pelo ar, chocando-se na estratosfera, curto-circuitando os nossos propósitos. Amava esse curto-circuito, provocava-o. Para que a perfeição pudesse atingir-se com um só jato de riso — louca brincadeira de um Deus trocista e permissivo. Ah, os jovens só pensam em sexo, dizem os que só pensam em sexo, já não sabem amar, dizem os que já esqueceram os nomes dos que amaram, os que só amaram nomes, os que só.

Tu não estás só — não me sentes, real amiga imaginária? Distribui a dor que te deixei pelos famintos de dor, meu querido, pelos que não experimentaram ainda a mobilização do sofrimento. Faz-me existir nesse trabalho de conferir beleza aos dias póstumos. Havia uma criança abandonada chorando por detrás de uma porta, no centro da nossa cidade. Havia uma criança que acabou por morrer de fome, arranhando a porta, sem que os vizinhos, ouvindo esse choro incessante, se movessem. E se nessa criança habitasse o segredo derradeiro da teoria quântica? Há tão poucas pessoas cujo talento possa salvar-nos — e nem sequer sabemos descobri-las e salvá-las. Consolamo-nos na beleza imediata das coincidências, escapa-nos a beleza catastrófica dos acasos. Os herdeiros dos Incas vendem fissuras de sorrisos em Machu Picchu — crianças que gastam toda a inteligência nas moedas da miséria, pés mordidos pelo frio, abraçadas a lamas, andrajadas nas cores brilhantes de que os turistas gostam. Se Einstein tivesse nascido nas montanhas mágicas do Peru, teria tido oportunidade de nos oferecer a nossa relatividade? A surdez para o sofrimento dos acasos permanece no centro da nossa tão sofisticada ciência animal. Cada lágrima que choras por mim, fechado na tua casa de silêncio, representa um dia a menos na vida da próxima criança que vai morrer lentamente, na requintada Europa, sem ter sequer conhecido os prazeres da vida. A mãe foi surpreendida a meio de um negócio de heroína, e telefonou da prisão, em voz baixa, a um amigo, para que fosse buscar a criança a casa. O amigo não estava, ela deixou recado num telemóvel que o amigo já não usava, porque não tinha dinheiro para o recarregar. Uma funcionária da prisão ouviu o recado secreto dessa mulher que preferiu arriscar a vida do filho a perder a sua posse.

Vem na Bíblia, sabes, questão de decisão salomónica — por mais que não queiras está lá tudo. Então a funcionária da prisão enviou um fax muito eficiente e com menção de urgência aos Serviços Sociais, solicitando-lhes que fossem rapidamente ao domicílio da arguida resgatar a criança sozinha. Deu-se o acaso de a responsável pela distribuição de faxes estar de férias. A chefe do serviço, assoberbada de trabalho, irritada com o excesso de calor e a preguiça doméstica do marido, deparou-se com um monte de faxes caídos no chão, deu-lhes uma vista de olhos global e atirou-os para o caixote do lixo, sem reparar no fax com menção de urgência.

Esta sucessão de ínfimos acasos fez com que um bebé de nove meses ficasse entregue a si mesmo, à fome e à sede, num apartamento europeu, até que os vizinhos alertassem as autoridades para o mau cheiro que vinha daquele piso.

Mas tu, porque caminhas para a morte e agradeces à ordem natural das coisas cada um dos teus dias de sol, dirás que a culpa é da organização da sociedade. Dormirás tranquilo, aninhado no conforto da falta que eu te faço. Morrendo devagar, partícula a partícula. Ouço o som da morte na tua pele, livro que se encarquilha na câmara úmida do tempo. Os teus órgãos arrefecem — há quanto tempo não te arde o coração?

9. Dinheiro. Tempo abstrato, tempo futuro que não há. Dão-no a rodos, todos os serões, em todos os canais de televisão. "Mesmo os públicos", dirias tu, escandalizada. Pobre cachopa, escandalizavas-te tanto. De cada vez que te escandalizavas corrias para o computador e escrevias um artigo contundente. Um maremotozito que acrescentava picante e audiências aos jornais e problemas à tua vidinha. Demitiam-te das comissões. Não te ouviam. Cada vez te ouviam menos e cada vez sofrias mais com isso.

Uma vez quase te expulsaram. Um bebé de nove meses morreu de fome e sede porque a mãe foi procurar droga e nunca mais se lembrou dele. O bebé esteve quinze dias a morrer, gatinhou da cama para a porta e chorou atrás da porta, num prédio de cinco andares. Os moradores só chamaram a polícia quando se sentiram incomodados pelo cheiro daquilo que se viria a verificar ser um corpo de bebé em decomposição.

Então tu apresentaste um projeto-lei decretando que as mães toxicodependentes que se recusassem a tratar-se perderiam de imediato e em definitivo o direito aos filhos, que deveriam ser dados para adoção. Acrescentaste a este projeto uma série de acusações à inoperância da justiça e ao alheamento cívico do país, e disseste que os vizinhos do bebé deveriam responder em tribunal por falta de assistência à pessoa em perigo.

A seis meses das eleições legislativas, esta atitude caiu mal no Governo do teu Partido, e em muitas das tuas amigas neofeministas, que te chamaram ditadora e vieram a público demarcar-se daquilo a que chamavam a tua "mentalidade repressora". Tentaram amansar-te com citações da Constituição que, na interpretação dos teus pares, defendia a Liberdade, a Autodeterminação Individual e a Família acima de tudo, pelo que os indivíduos que não tivessem capacidade de exercer essa vibrante autodeterminação e não fossem capazes de escolher adequadamente a sua família, como parecia ser o caso dos bebés, deveriam resignar-se às consequências da liberdade alheia, incluindo a sua própria morte. Explicaram-te que as toxicodependentes são seres frágeis, merecedores do nosso apoio e da nossa solidariedade, e que a droga é um crime gerado pela Sociedade, pelo que Todos-Nós-Somos-Responsáveis-Amém. Além de que os métodos de repressão radicais não resultam — até porque patati tolerância patatá entendimento das diferenças, patató acidentes acontecem sempre.

Estavas para ser condecorada pelo teu labor incessante em prol da Dignidade das Mulheres, retiraram imediatamente a proposta. A perdida condecoração até te fez rir. Ofereceste-me, ao telefone, uma dessas tuas intemporais gargalhadas: "Imagina, já condecoraram gatas e cadelas, ratazanas e galinhas, é uma honra que não me metam nesse saco. Ainda por cima, as condecorações do Mulherio fazem--nas em separado, no tão conveniente Dia Mundial da Fêmea, para não perturbar a seriedade das homenagens másculas do Dia da Nação."

Telefonavas-me, de repente, quando te entupias de raiva e desalento. "Não consigo dormir, é uma estupidez. Há dois meses que acordo sobressaltada a meio da noite com o choro daquele bebé que nunca vi. Vou em pijama para a escada tentar localizar o choro, palavra de honra. Qualquer dia apanham-me e mandam-me para o Júlio de Matos — mas este país parece-me uma casa de loucos perigosos, o que queres?"

Vitória, vitória. O que é que eu queria? Apenas essa alegria rara — a de me dares razão. Quando se tratava de crianças, eras pior do que eu. Entravas a matar. Estúpido, disse-te isso mesmo: "Não vais agora matar-te por causa de um miúdo que já morreu. Pensa que pelo menos essa criança já está no parque infantil do céu — ou então processa o sorna do teu Deus." Duzentas e vinte e sete vezes estúpido, percebi-o assim que desligaste o telefone: aquela criança continuava a morrer aos bocados dentro de ti. Precisavas de colo, leite e mel. Deixei-te à míngua, nessa noite — pela afinal tão pura alegria de te ter dentro de nós, como dantes. Mas já não havia dantes. Não voltaste a telefonar-me e eu fiquei a chorar por ti na masmorra sem porta da minha inabilidade.

Querida — aquela condecoração, vieram pregá-la ao teu corpo morto. Hienas. Dobrei-me sobre o caixão para te beijar e arranquei-te do peito essa medalha de brilho fúnebre. "Boa. Vai dar esse berloque ao puto, que ele vai gostar de saber que alguém se lembra dele." Imaginação de incenso, eu sei, alucinação do meu transtorno de ti. Realidade irreal, o tanas, vai dar uma volta ao bilhar grande — ouvi-te. A tua voz. Se não era a tua, foi bem imitada por um desses travestis alados em que acreditavas. Meti-me na internet à procura das notícias do enterro do bebé, encontrei-lhe um nome e cumpri o teu pedido. Está condecorado, o teu minúsculo Soldado Desconhecido. Gostava de o ver nos teus braços, de ascender ao sorriso solar com que rolarias nas nuvens quando ele te chamasse Mãe. Mas esqueceste-te de me deixar esse tesouro manchado a que chamam fé. Não vejo o teu sangue no céu poente — apenas o sangue da infinita imanência onde tu já não estás. Só no trajeto do teu não estado me soo. Sem a ressonância de um céu, como te posso escutar?

10. E tanto que nos desentendemos. Tu, que aparentemente nada fazias, defendias com ferocidade o liberalismo, dizias-te roubado quando ouvias falar em projetos de integração de marginais. Achavas que a competência devia ser recompensada e parecia-te natural que a incompetência fosse punida com o desemprego. Ao mesmo tempo, vociferavas contra os "filhos-família" que herdavam lugares e salários através de cunhas e recomendações. Ficaste furioso comigo quando te lembrei que também tu tinhas sido administrador, só porque eras herdeiro.

Defendias uma severidade quase ilimitada para os criminosos, e consideravas criminosos mesmo os assassinos involuntários — por exemplo, os que matam pessoas ao volante, por excesso de velocidade. Às vezes punhas-te a conferir as contas do desequilíbrio do mundo, e então davam-te umas fúrias de corretor justiceiro: "Sem justiça não há paz." Eu respondia-te: "Se estamos sempre a fazer justiça, à procura dos justos e dos injustiçados, nunca mais encontramos nenhuma paz." Mas dizia-te estas coisas sobretudo para te aramar, e a verdade é que a entrada na política real me tornou até mais justiceira e implacável do que tu. A fundo perdido, de resto — como tu. Era às vezes muito difícil gostar de ti. Tu fazias de propósito, gostavas que fosse cada vez mais difícil gostar de ti. Continua a ser, ou não estaria ainda no teu caminho.

10. Neste concurso dão automóveis, além de dinheiro. Os concorrentes têm de adivinhar quantas vezes praguejamos, em média, por dia. Informam-nos que são dezasseis vezes, e ganha o que ficou mais perto desse número. Estas coisas podem-se errar sem desdoiro. Há dias uma rapariga enxuta ganhou cinquenta mil contos por ter acertado, embora ao acaso e com uma simpática ajuda do apresentador, no nome de Agustina Bessa-Luís como autora de *A sibila*. Levou três entrevistas a pedir desculpa à escritora e prometeu que iria comprar de seguida esse livro fundamental. Até porque gosta de ler, repete: neste momento, está a adorar o best-seller *Cinco quecas e meia*, de Rosarinho Clero de Sá.

Vejo-te ler. Devoravas os livros, com as mãos, com os olhos, com todo o teu corpo. Adormecias em cima deles, na praia, na cama, no sofá, sublinháva-los, acrescentavas frases, exclamações, interrogações. Lias tudo, dizias, mas não era verdade; nunca te vi ler nada de semelhante às *Seis quecas e meia* (ou eram sete?). Tinhas pressa de recuperar o Tolstoi, o Cervantes e o Proust que não te haviam dado a ler na juventude. Misturavas muito, isso sim. Deleuze e Ruth Rendell. Camilo e Duras e os contos de Tchekov e os ensaios de Montaigne. Até — suprema heresia! — Shakespeare e Berthe Bernage. Ficaste louca de alegria quando descobriste, num alfarrabista, os cinco volumes de *O romance de Isabel* que te haviam tocado tanto na adolescência: "Imagina, já não publicam isto porque não é politicamente correto. Que mal tem, a história de um amor juvenil entre um herói da Segunda Guerra e uma enfermeira que quer salvar o mundo? Dizem que dá uma visão redutora da mulher e mais não sei quantas tretas. Aos livros dos *Cinco*, fazem pior. Reescrevem-nos, vê lá tu, porque agora parece mal que a Zé fosse uma maria-rapaz. Tu achas isto normal?"

Querida, querida Sininho, a falta que me faz alguém que não ache tudo normal. Tu rias-te de mim de cada vez que eu rosnava: "Isto só a mim." O prazer que eu tinha em colecionar contrariedades: falhas de água e electricidade, furos, engarrafamentos, trocos errados, maus serviços. Contava-te tudo com pormenor e rematava: "Isto só a mim." Tu rias-te: "Pobrezinho. Deixa lá, podia ser pior. Podiam ter-te mandado para a guerra de África, sei lá." E eu ria-me, mas não te contava as histórias da guerra em África que tu querias ouvir. Tinha-as atirado para um caixão de silêncio e enterrado longe da minha vida, muito antes de renascer ao teu lado.

Há um cão a uivar na noite. Sou eu, este cão. Mais desgraçado do que ele porque sei que vou morrer, e sei que essa morte não tem importância nenhuma. Como não teve a tua. Ainda terei tempo para te esquecer? O teu riso em carrossel é esquecível? A tua voz no telemóvel durou pouco — uma semana, e desativaram-te: "neste momento não posso atender, mas deixe uma mensagem, ligarei assim que puder. Obrigada."

Devia escrever o livro que planeámos escrever a quatro mãos. Ou melhor, que tu planeaste — os planos eram o teu departamento. Depois de um almoço bem regado, eu ficava a jiboiar, tu subias à primeira nuvem e ficavas a planar. Enfureceste-te quando te recordei que nenhuma obra de mérito jamais se escrevera a quatro mãos. "E depois? A eletricidade também não tinha sido inventada antes de Edison. Se não és capaz de ousar, deixa-te estar. Refocila, filho, refocila."

Eras capaz de te enervar horas seguidas por causa da ferrugem nacional. Nunca te habituaste à grandiosa maledicência do nosso pequeno país. E a política assanhou-te. Entraste, sem te aperceberes, nessa mesma viela fadista da vitimização. Em toda a parte vias intrigas e perseguições. Querias ser espanhola. Querias ser inglesa. Querias emigrar para a Austrália. Tu que tanto ralhavas comigo, amiga velha, quando eu urrava que o nosso azar era sermos filhos dos gajos que cá ficaram, e não dos que se lançaram a descobrir o mundo. Mudaste-te diretamente do Mundo das Possibilidades Absolutas para o Beco da Travadinha. Ai de mim, quando te disse isto.

11. O que vais tu fazer a essa prisão? O sol desce por detrás dos prédios, os automóveis apitam, congestionados, sôfregos pelo regresso a casa. Tu caminhas lentamente, vieste assim, a pé, desde tua casa, absorto, como se não os ouvisses. Abrem-te os portões de imediato, como se já te conhecessem. Alguns reclusos acenam-te do pátio. Entras numa sala com um quadro preto ao fundo, os alunos sentam-se, pegas no giz e escreves: *Introdução ao Feudalismo*. Também eras professor, muito mais do que eu, oferecias voluntariamente esse dom, e eu nunca o soube. Continuas a ser professor, embora saibas que todo o saber chega demasiado tarde.

Demasiado tarde. São estas as palavras mais tristes de qualquer língua. E no entanto danças a tua lição, fazes das palavras seres visíveis, em transformação, os alunos seguem-te, livres outra vez, dançam contigo a grande música da História, a tremenda ficção do tempo que lhes permite inventar a realidade. Entre os teus alunos há assassinos, ladrões, rapazes consumidos pela droga, um deles quase criança, acaricias-lhe de leve o cabelo.

Nessa carícia a mão de Marc Bloch transparece na tua, a mão com que Marc Bloch acariciou a cabeça de um rapaz que chorava, na iminência da morte, a 16 de Junho de 1944. O dia em que a Gestapo, que prendera o historiador e o torturava há mais de três meses, o fez subir para um camião com outros presos, entre os quais o tal jovem de dezassete anos, desfeito em lágrimas. Marc ergueu a mão que lhe restava, acariciou-lhe o cabelo e consolou-o: "Não tenhas medo, não vai doer nada." Como o rapaz duvidasse da verdade daquela frase, Marc Bloch insistiu: "Sou professor da Sorbonne, não posso mentir." E o jovem secou as lágrimas para morrer, ao lado de Bloch. As lágrimas que agora, ao lado de Bloch, tu transformas em luz. Tu, o meu discípulo, aquele que mora na noite do meu pensamento destroçado.

11. Nunca soubeste que eu também dava aulas. Nos olhos cândidos destes criminosos amadores (porque se fossem profissionais não estavam por detrás das grades), leio a pauta esperançosa dos teus, minha tão incerta Professora. Para que te confessaria eu esta fraqueza, provavelmente ingénua, evidentemente petulante, de me sentir útil? Eles agarram-se ao saber como se pudesse valer-lhes de alguma coisa. As guerras feudais transportam-nos para longe destas grades, para a felicidade de destinos melhores e piores do que os seus. Para isso serve a História, afinal — um tónico de coragem que doseamos à medida do nosso corpo. Mas onde está o teu corpo?

A falta que me faz um céu onde te possa instalar. Ficavam bem no céu, as tuas saias demasiado largas e aquelas lãs garridas que tricotavas. Mas a noite fecha o escuro do mundo sobre a minha tentativa de te pensar. Talvez tenhas ainda razão, agora que nada tens. Dizias que eu pensava demais — já nem sei pensar em ti. Porque eu pensei sempre em ti ao longo destes anos; pensava no teu sorriso, quando a alegria me escapava, pensava no encanto das tuas frases deslocadas, que em vez de *gaffes* se tornavam velas acesas em jantares obscuros. Os meus amigos achavam-te um devaneio de velho, uma extravagância inconveniente. Uma afronta minha à demasiada idade que nos unia.

Talvez não haja idades, só mortos ressoando pelos canais do Tempo, mortos que, como ímãs, aproximam e afastam os que ainda não morreram. Tu trazias tantos mortos na sombra do teu sorriso. Um tecido de mortos; a tua fúria de apaixonada era como uma pira funerária infinita, a tua entrega como a dos corpos às labaredas, num saber de cinzas.

Esta noite está cravejada de joias, como tu dizias. Sempre procuraste imagens excessivas — só dentro desse excesso encontro agora uma aragem de paz. Cravejado de joias, o céu, sobre o mar delinquente da minha juventude. Tu ainda nem nasceras quando eu mergulhava à noite nestas ondas frias, para provar às meninas das férias de Verão que era muito homem.

Contigo eu podia ir sendo tudo o que tinha para ser, antes e depois e à margem desse trabalho de ser homem. Ser e não ser teu amigo, por exemplo. A partir dos trinta anos, desabituamo-nos de olhar para as pessoas que se cruzam conosco. Como se disséssemos: inscrições fechadas. Na infância, bastava um miúdo gostar do mesmo bolo que nós para lhe perguntarmos: "Queres ser o meu melhor amigo?" Depois deixa de haver o melhor — entramos na idade das equivalências. Mas para ti houve sempre o melhor e o pior. Pois é, Sininho, eu penso demais, mas tu sempre julgaste demasiado. Acreditavas na virtude, fazias discursos sobre a coragem e a generosidade, a dignidade e a humanidade. Os meus amigos achavam-te ingénua, cansativa e ingénua. Eras cansativa, sim, mas precisamente por não perderes tempo a tropeçar na ingenuidade. Levavas até ao fim os teus julgamentos, tão cruéis e injustos, às vezes, apenas para desbravares mais depressa o sentido da vida.

Não eras uma boa professora, posso agora dizer-to; não contemplavas a lentidão do raciocínio alheio, a modorra mental em que a maioria dos alunos se habituara a viver. Fazias tremendos saltos epistemológicos e quem não te entendesse ficava riscado. Eras de uma agilidade mental sem complacência. Confesso que muitas vezes eu próprio não te entendia, mas entendia pelo menos que não valia a pena dizer-to. Nem tu serias capaz de explicar esses saltos; voavas sobre as matérias como um pardal atrevido, numa ambição de águia absoluta. Sim, eras um pardal convencido de ser águia. Não te zangues. Todos nós saltamos de galho em galho como pardais, poucos ousam o voo picado das águias. Faz-me falta essa tua ousadia, no deserto da noite que agora atravesso. Fazes-me falta. Sou professor de mentirosos amadores, não posso mentir-te.

12. Um bocado de mim treme ainda de paixão atrás de uma porta onde já não mora ninguém, onde eu nunca morei. Nestas águas-furtadas que não conheceste morava um homem e no corpo dele era a minha morada. Mas eu não sabia. E neste noante já nada posso contra essa ignorância, não tenho como honrar o contrato carnal de habitação que estabelecêramos, às cegas. Imaginas um não corpo a implorar beijos, saliva, suor e pele? A minha única âncora és tu, amigo sem lugar de perdição. Em ti, fuga das fugas, chama de segurança, fujo da paixão que me arrancou à vida.

E não procuro nenhum dos outros homens que amei, talvez porque nenhum deles tenha podido guardar mais do que o sabor breve do meu corpo. Amavam a novidade do nosso prazer, o meu sorriso, a minha paixão, o que eu tinha para dar.

Tu, sombriamente, amavas o que eu não dava — o ressentimento, a insegurança, a maternidade. Gostavas de me ver falhar, e não era por vaidade ou piedade, como geralmente acontece entre amigos. O meu lado medíocre não te excitava os melhores instintos. Amavas simplesmente a minha terra como uma criança ama uma pedra, um bocado de boneco, um urso sem olhos. É esse amor que agora me falta — o sujo, quotidiano amor dos momentos maus, das frases adversas, das ausências. Fotografavas-me em fúria, descabelada, a dormir de boca aberta, a lamber a tampa do iogurte. Ou, tantas vezes, com os olhos inchados de chorar. E eu ficava bem na fotografia.

Tão efémeras, as cumplicidades radiosas. Encontros de pele, de ideias, de atmosferas, flutuando como nuvens para o paraíso do esquecimento. Acreditava que o sentido da minha vida estava nesses encontros, e confronto-me agora com a falta que tu me fazes. Tu roubas-me o sentido, viciei-me nesse roubo, talvez seja ainda um vício do sentido, o supremo. Nós nunca fomos cúmplices, sabíamos demais um do outro. Éramos promíscuos. Dedicávamo-nos a combater o pensamento um do outro para chegarmos à névoa humana. Traías-me, traíste-me inúmeras vezes e nunca chegavas a tocar a fímbria da traição. Diziam que eu te perdoava tudo. Como se iludiam. Nunca tive nada para te perdoar, vejo-o agora, com uma nitidez impossível. Gostavas dessa forma de intimidade rápida que é a discórdia. Eu também. Éramos imperdoáveis, seremos imperdoáveis um do outro, cascos naufragados no negro incêndio do mar.

12. Ninguém te recorda como eu. Os teus amigos definem-te como uma pessoa fria, determinada, sempre mais pronta para a crítica do que para o elogio. E muito preocupada com a imagem. Põem-te na boca morta frases que me parecem impossíveis e depois suspiram, apiedados: "No fundo, era uma pessoa frágil. Perdeu os pais tão cedo, era de esperar." Resumida a três postais velhos, ficas mais fácil de arquivar. A Luísa, que entrou para o Departamento por recomendação tua, agora conta a quem a quer ouvir que se lembra muito bem da tua chegada à Universidade. E ninguém a desmente. O festim da tua carne apodrecida está a tornar-me misantropo. Antes o meu clube de velhos *snobs*; os estetas, ao menos, respeitam o silêncio das estátuas.

Ninguém sabe falar de como tu fumavas, com o cigarro entre o terceiro e o quarto dedo da mão esquerda. Ninguém é capaz de descrever a curva dos teus dedos, duendes em movimento de marioneta. Ensinaram-te a falar sem as mãos; nos debates televisivos algemavas os duendes a uma caneta. Eu ficava a olhar para eles, ansiosos por saltar sobre as tuas palavras, para que elas dançassem, corpos transparentes inebriados de sonhos. Essas mãos omitidas aplanavam-te o discurso, mas creio que nunca tive tempo de to dizer.

13. Preciso de me despedir de ti, ou de aceitar a morte, que é a mesma coisa. Não pude despedir-me de ninguém, nunca. Os meus pais despenharam-se sem mim numa curva de estrada, tinha eu catorze anos e quis perder a fé em Deus. Tinham-me ensinado que Deus dava na medida da nossa entrega — e Deus deu-me o seu sorriso oscilante em troca da minha incompreensível dor. O pior tinha acontecido; ninguém mais me poderia retirar nada. Deus oferecera-me a luz escaldante da dor para me intensificar a vida.

A dor precisa de um corpo. Limites de pele, unhas, ranho, suor. A incapacidade de sair, a coragem irremediável de viver o tempo. Paciência, peso, cérebro ardendo. Não me conformo à morte da imortalidade, e não ouço a voz quente e cantada do meu pai. Custou-me tanto não ter um pai quando comecei a ser bonita. Um pai com quem pudesse brincar ao mistério feminino, um pai a quem pudesse chocar e enternecer, apresentar rapazes e pedir ajuda. Aos catorze anos disseram-me que não tinha pai nem mãe, disseram-me que ninguém pode dizer que tem o amor de que mais precisa. Chamei por eles através do espaço saturado das noites e nunca lhes ouvi a voz.

Ouço-as agora, a essas vozes inflexíveis, despidas dos véus relativizadores do tempo. A minha mãe diz ao meu pai: "Quero separar-me de ti. E da miúda. É mais tua do que minha. Vocês roubam-me o direito à vida." Deus, porque não me roubas o direito a esta verdade que não chegou a ser?

Fui bem tratada, excessivamente bem tratada, como o são as pessoas de quem se tem pena. Ninguém mais me ralhou, o mundo procurou ser suave comigo. Tu foste a primeira pessoa a tratar-me mal. Eras capaz de me dizer tudo o que pensavas, sobretudo quando o que tinhas para me dizer era desagradável. Inventavas até coisas más para me dizer, gostavas de me ver perdida, sem resposta. Mas nunca tocaste no coração da minha fraqueza — nunca me disseste: "Tu também mentes e falhas, tu também trais e foges, tu também não és perfeita." Acusaste-me sempre e só de excesso de inocência — e, ocasionalmente, de uns furores de intolerância. Afastavas as pessoas que gostavam de mim. Só agora vejo que afastavas decididamente essas pessoas, movido pelo pobre e horrível e tocante abutre do ciúme. As mulheres, sobretudo. Dizias que o desvelo das mulheres umas pelas outras é falso, e talvez tivesses quase sempre razão. "Essa Ângela", escarnecias, "vê-se logo pelo nome que não é ser que se consuma".

E eu ficava a desconfiar das pessoas à sombra das tuas palavras, enegrecias cada gesto dos outros para comigo. "Deu-te um vestido azul, que é a cor que pior combina com a tua pele. E não foi distração, não; foi de propósito. Para que as pessoas olhem para vocês e pensem que o azul desse vestido ganharia outra força no corpo dela, debaixo dos olhos dela." Acabei por ver a Ângela à tua maneira, cortei-a aos bocadinhos e fiquei sem ela. Depois, já nós nos afastáramos, encontrei-vos juntos, abraçados, no Lux.

Eu deixara de falar com ela por causa de ti. Uma noite, tu discutias com ela uma peça em que entrava, uma montagem de textos de Camões e Pessoa que qualificavas como pomposa, oca, medíocre e ridícula. Sempre foste perdulário nos adjetivos de maltratar. Ângela enfureceu-se, eu punha água na fervura e ela acusou-me de te defender sempre, contra tudo e contra todos.

A peça era realmente medíocre. Sobrava pouco de Camões e Pessoa passava por parvo, dito por aquelas vozes apáticas, tornadas apenas dedos de circo, uma sucessão de mãos brancas pegando em chávenas e copos, subindo e descendo pelo negro do palco como aranhas gordas. O encenador argumentava que Pessoa não tinha corpo, num timbre fosco de grande novidade. Ora, Pessoa tinha corpo que chegasse para todos nós, desdobrado, multiplicado, é dele que nos alimentamos ainda tanto, encontrei-o em tantas casas desenhado por Pomar, por Almada, substituto burguês da *Última ceia* a dar de comer a tanto estatuto, às vezes tão autêntico, no lugar mental dos Ches ou dos Xananas para gerações sem sortes desgraçadas. Pessoa não experimentou o sexo, talvez, mas porque não havemos de o considerar um sobrecorpo, um corpo em estereofonia, concentrado no erotismo espesso de si mesmo? Porque nos recusamos a entender as experiências que se afastam dos caminhos calcinados da ação?

Não, aquele Pessoa cortado e costurado em espetáculo desumano, agrilhoado a um Camões nu, em excesso de corpo, esse que o teve tão pouco, que o derramou num fogo que arde sem se ver, não. Mas eu nunca seria capaz de o dizer assim a Ângela. Por amizade — ou pela cobardia a que damos também o nome de amizade. Não a defendi e ela começou a atacar-me, cínica, a tremer, com um tiro na asa: "Tu sabes lá o que é bom ou mau! Não tens critério, nunca tiveste — só por isso andas com um velho gagá como este!"

Assim cortei relações com uma das mulheres que mais apreciava. Ângela fez-se duradouramente famosa, depois dessa peça — nunca mais tive oportunidade de me reconciliar com ela. É sempre mais fácil aproximarmo-nos de alguém de quem todos se esqueceram, pelo menos para mim. Via-a nas capas das revistas, esfuziante, e a frase apunhalava-me: "Tu não tens critério." Em ti, as ofensas eram queimaduras: passava o tempo, a pele cicatrizava, nada tinha acontecido. Comigo, sempre tão rápida e impaciente na vida quotidiana, era o contrário — a maldade intensificava-se com o tempo, alastrava, tomava conta de mim. Dizias: "És tão boa, gaiata, que acirras a maldade alheia." Eu ainda não sabia que a maldade nunca é alheia. Punhas um tom de brincadeira nisto que dizias — brincavas tanto mais quanto mais sincero era o que dizias.

Dava-me às pessoas, nessa época; dava-me o melhor que podia, por isso reagia tão mal aos sinais de desconfiança, malevolência e suspeição. Dei-me a outras pessoas por causa de ti — para te deslumbrar, sim. Quando admiravas um homem, eu tinha de o seduzir. Quando escorregavas para a solidão, eu tinha de te acasalar. Inventei um grupo de amigos à tua medida — fui deixando cair todos aqueles que me parecia que tu não aprovarias. Dei-me a tudo o que tu amavas e fiz de conta que era inocente, ou, pelo menos, perversa, para não te perder. Dei-me depois ao ressentimento de não te ter, à maledicência de ti, por não saber ser-te indiferente. Dou-te agora também a minha morte, para que finalmente fiques do meu lado.

13. Estou cansado de ti. Cansado de estar cansado de ti. Cansavas-me muito, em vida — não paravas de ser, existias demasiado em tudo, solicitavas-me a todo o momento. Eras onívora: querias devorar a vida de todas as maneiras. Aturei tanta gente por causa de ti — aquela Ângela a que me querias à força atrelar, uma atrizeca convencida de ser a versão intelectual da Greta Garbo —, ah, as horas de tédio que passei em teatros para não te decepcionar. E como me decepcionaste, quando te meteste na política. Nem me pediste opinião. Só dessa vez não me pediste opinião — sabias que eu diria que ser deputada não era coisa digna de ti. Quando decidiste que fazias falta ao país, deixaste de me fazer falta. Pelo menos assim fui sentindo. O teu telefone estava sempre impedido. Depois de três dias sem te falar, comecei a habituar-me a esse silêncio novo. Habituei-me enraivecido — e essa raiva passou a fazer parte de mim. A tua voz descentrou-se, inclinou-se para a melopeia. A voz comercial com que defendias agora as Grandes Causas do Universo era-me insuportável. Onde estava a minha amiga? Onde estava a voz desafinada, extrema, que me servia de sol de emergência?

Arranja-me uma namorada, vá. Volta aos meus dias e monta a tua tendinha de alcoviteira vicentina, anda. Apresenta-me mais uma dessas Electras desamparadas — tenta vender-ma com descaramento, porra. Eu serei bonzinho, levarei a menina para a cama à hora a que tu mandares, dar-lhe-ei o melhor do meu personagem para não te desiludir. O que eu fiz para te nutrir a soberba — pobre Deusa do nosso minúsculo Éden urbano, pobre, pobre querida. Eu não queria mulheres, nem amigas, nem festejos. Eu queria apenas partilhar contigo a domesticidade sossegada de nós dois. Queria — vê lá tu — sentar-me ao teu lado, numa varanda sobre o mar, e escrever um romance que tu pudesses admirar. Era esse o nosso projeto comum: escrever romances paralelos, com os olhos misturados no mesmo mar. Porque a História que nos aproximou, espremidinha até ao tutano, não dá senão para romances maus. Telenovelas de chular neurónios apagados.

Tinhas talento, sim. A luz cruel do talento estava nessa meia dúzia de contos que escreveste — e que achavas maus. "Muito rebuscados" — dizias. "Cada frase que aí está custou-me uma vida — e não é ainda a minha vida." Tinhas tantas vidas, tu. Às vezes julgava que já te conhecia desde o liceu. Muitas vezes te encontrava mais atrás ainda, embalando o primeiro dos meus sonos, e quase te chamava Mãe. A Mãe que eu queria ter tido — porque é que nós não podemos escolher? A minha Mãe fez-me tanto mal — e nunca a pude escolher. Se Deus existisse, a ligação entre mães e filhos seria muito mais séria do que esse cordão de sangue e sujidade. O amor materno que me foi dado sabia a sangue. Era um bicho cego, escoiceando tudo o que me rodeava, todos os amores que eu escolhi na vida. Em garoto tinha vergonha — todos os rapazes sabiam correr, nadar, assobiar às raparigas. Menos eu. Os meus irmãos nasceram mais tarde, um atrás do outro, inseparáveis e práticos. Crescemos sem pai; a minha Mãe dizia-me que ele nos odiava, que nos tinha abandonado porque nos odiava. Quando descobri os maços de cartas que ela tinha guardado, quis matá-la.

Encontrei-o poucos dias antes da sua partida definitiva. Ia para a Suécia, onde conseguira trabalho numa empresa de engenharia. Não o consegui reter; eu já não era mais do que a recordação de uma criança sossegada, há muito que o meu pai desistira de me imaginar. Os meus irmãos nunca o quiseram conhecer. Tivera mais uma filha, zarpava com ela e com a mulher pela qual deixara a minha mãe. Não tencionava regressar. O país desgostava-o pela modorra, participara em algumas conspirações mas também disso desistira — "Os ditadores não caem do céu, merecem-se, e nós merecemos este, o povo ainda não se cansou de lhe agradecer a neutralidade na guerra", dizia-me. Vivia numa casa grande, luminosa.

Lembro-me de as janelas estarem todas abertas, porque eu nunca vira tantas janelas e tão escancaradas. Alertei-o contra as correntes de ar, e ele ria-se: "Neste país não há ar, meu filho, quanto mais correntes. Não te preocupes." Os móveis eram de madeira clara. As paredes brancas, não se via um único *bibelot* — só telas coloridas nas paredes vastas, muitas delas pintadas por ele. E livros, livros espalhados pela casa toda, criando um odor a papel que nunca esqueci.

Era uma casa estranha, para uma época em que as alcatifas e o papel de parede florido, gongórico, invadiam o espírito da burguesia. Na casa da minha mãe, o horror ao vazio era absoluto: nos aparadores d. José refulgia uma infinidade de caixas de laca dourada, porcelanas, cristais, nas camilhas que ocupavam todos os cantos acotovelavam-se molduras com fotografias de todos os parentes. Não tínhamos amigos, só parentes, quase todos mortos ou muito distantes. Dera-se ao trabalho de apagar o meu pai de todas as fotografias — recortara-as, à medida das molduras minúsculas, colava os restantes seres humanos em papel de seda cor-de-rosa, que fazia de cada fotografado uma espécie de santo vagamente assustador. Uma destas imagens atraía-me em particular, pela sua montagem perversa: era eu próprio, com uns dois ou três meses de vida, sorrindo para o vazio, suspenso no nada, embrulhado num cobertor que tinha o recorte de duas mãos ausentes. Eu tinha um sorriso de perfeito deslumbramento, virado para a ausência — em redor desse bebé flutuante havia apenas o rosa velho do papel de seda.

O quarto da minha Mãe era o seu santuário: aí havia fotografias minhas e dos meus irmãos, de todas as idades. Muitas vezes aparecia apenas eu, abruptamente só. Quando se considerava feia numa fotografia, apagava-se dela. Tinha um cuidado infinito com a posteridade e com as aparências. Eu estava horrível em muitas daquelas imagens — de calções em balão, numa; com uma camisa aos folhos, noutra, e por aí adiante, mas ela insistia em exibi-las, orgulhosa, a quem quer que aparecesse. Nunca apareceu muita gente. Apavorava-me apresentá-la aos meus amigos, quando finalmente comecei a tê-los. Nesse quarto, as imagens da minha desolação entremeavam-se com gravuras da Sãozinha, de quem ela era muito devota, e alguns retratos da sua infância de aristocrata húngara.

Repetia que, se não fosse o casamento com o meu pai, teria escrito uma grande obra literária sobre a sua Hungria martirizada. É verdade que, quando se casou com o meu pai, à pressa, já grávida de mim, ainda mal falava o português, e que ganhara um prémio literário numa espécie de jogos florais do seu colégio. Mas o meu pai sempre a incentivou a continuar a escrever. Recordo frases soltas, bruscas, repetidas, teria eu uns quatro ou cinco anos: "Se queres escrever, porque não escreves?", perguntava ele. "E que queres que escreva, num país sem assunto como este?", retorquia ela, irritada. Eu não percebia estas palavras, talvez por isso as fixei. E porque a carga de ressentimento que elas continham era demasiado pesada para a minha idade. Então a minha mãe batia com as portas, fechava-se no quarto a ouvir música húngara e a chorar. E eu tinha muita pena dela. Tinha tanta pena dela que levei anos a perceber que o amor não era uma ampliação da compaixão.

Claro que a amava. Talvez lhe dedicasse um amor semelhante ao que ela tinha por mim; uma embriaguez de autocomplacência. Amá-la por sobre todos os seus defeitos, reconhecendo-lhe a mesquinhez e a miopia moral, fazia de mim um ser melhor. Amámo-nos para nos engrandecermos. Mas que difícil era, ainda assim, suportar os discursos infindáveis dela sobre a sua superioridade e o meu génio! Que embaraço ouvi-la declarar à primeira infeliz que encontrássemos na rua com uma criança pela mão que, naquela idade, já eu sabia a tabuada toda e lia corretamente. Mais uma ilusão.

Acabou com o meu primeiro casamento, essa mãe extremosa. Escrevia-me cartas infindas, numa caligrafia impecável — tinha tanto orgulho na sua caligrafia —, lastimando o pouco apreço da minha mulher pela casa e pela cozinha, exortando-me a que "me fizesse homem e lhe recordasse o seu lugar". A minha mulher, que tinha uma paciência de pescador e estava sempre a recordar-me, condoída, a solidão da senhora, leu duas dessas nefastas cartas e nunca mais foi a mesma. Acusava-me de ter permitido a continuidade daquelas epístolas, às quais nunca respondi, como se concordasse com elas. Acusava-me de não ter tomado partido. O silêncio, a intimidade — para mim, isso era tomar partido. Eu estava do lado dela. Nunca mais voltei a estar assim com ninguém. O sexo só nos perde quando vem contaminado dessa substância viciante chamada amor, digam lá as tuas amigas o que disserem. E nesse mistério sagrado — o único mistério sagrado, pelo menos antes da invenção da tua morte — não há homens nem mulheres nem posições nem pontos de abecedário nem kamasutras nem iogas nem o diabo a quatro. Há suor, substâncias mórbidas, corpos em rebentação, nada. Nada que se possa dizer, nem sequer propriamente recordar. Era-lhe fiel sem dificuldade — provavelmente por ela ser tão diferente da minha Mãe.

Depois da leitura daquelas cartas, curiosamente, começou a ser mais parecida com ela. Preocupava-se com pormenores domésticos. Dispersava-se; queria ser a exímia dona de casa, para além do génio da Matemática. Era esse génio que me fascinava. Se tivesse continuado ao lado dela, ter-me-ia mudado para Nova Iorque, onde ela foi convidada a integrar uma equipa de investigação — e nunca te teria conhecido. E seria outro — quantos restos de ti fazem parte de mim.

A tua alegria era um vírus incurável. Chamava-te Sininho porque, como a fada de Peter Pan, refilavas muito e espalhavas pó de ouro em tudo o que tocavas. Em contrapartida, eras temperamental e chorosa, hipersensível. E tinhas uma excessiva tendência para a vingança, que acabou por se me colar à pele. Mas até aquilo a que eu mais resistia em ti se tornou carne da minha carne. Adotei-te amores e ódios. Era teu amigo. Nunca me cansei de ti; cansei-me apenas do teu cansaço de ti mesma.

Mudaste. Não sei se foi a política, o sucesso, a mediocridade do meio, ou nada disso. A tua voz mudou, a tua alegria arrefeceu, eu queria-te igual. Mudaste até de casa. Uma decoradora dessas colunáveis desenhou-te a esquadro o apartamento novo. Nunca me senti confortável nessa casa de revista, toda em branco, azul e amarelo, no centro da cidade. Ainda sonho com as tuas duas assoalhadas suburbanas. O odor a mofo nas escadas. As traseiras que davam para um pátio de cimento onde os miúdos jogavam à bola, e para outros prédios com varandas cheias de canários e estendais. Todos os teus móveis esticavam e encolhiam; a mesa de apoio aos sofás desdobrava-se e subia até se tornar mesa de almoço, se fosse caso disso. Era preciso depois arredar os sofás para pôr à volta da mesa as cadeiras desdobráveis. O tecido dos sofás era grosso, às ramagens verde e rosa. Tinha-los comprado num saldo de uns armazéns quaisquer. Mas tinhas substituído o estrado original do sofá-cama, de arame, que fazia cova, por um de madeira, para que os teus amigos não dormissem mal.

Havia sempre imensa gente a dormir naquela casa minúscula. As pessoas tocavam à porta e subiam a qualquer hora. Tu tinhas sempre chá, bolinhos, palavras redentoras. As paredes estavam repletas de quadros, as molduras quase se tocavam — uma infinidade de pequenos desenhos, aguarelas, uma ou outra tela. Muitos daqueles quadros eram maus, incipientes. Dizias que eram obras de amigos, carinhosamente dedicadas, e isso te bastava. Até tinhas um par de desenhos feitos à pressa em toalhas de restaurante, e uma colagem que fiz um dia, por brincadeira, com as tuas revistas velhas, e que supliquei que não pendurasses. Uma estante embutida na parede com uma porta de correr separava a sala da *kitchenette*. Do lado direito do corredor mínimo havia a porta da casa de banho, depois o teu quarto, com uma cama alta, de gavetões, para aproveitar o espaço.

Passei horas à conversa contigo nos cadeirões da marquise, que dava para um descampado. Conseguiras ainda meter aí uma camilha com uma braseira elétrica. Dizias que não podias viver sem uma braseira. Hábitos de infância. Mas quando a decoradora da nova fase da tua vida te convenceu que não havia espaço para a camilha, que, além do mais, ficava *kitsch*, tu desististe imediatamente. No teu derradeiro período, o político, a palavra *kitsch*, que dantes cultivavas com euforia, fazia-te pele de galinha.

14. Terei saudades de ti, ou da inocência que eu tinha quando te conheci? O sofrimento antecipa o prazer da morte, dizem os vivos, para dizer alguma coisa, enquanto a face inexorável se aproxima. E a dor vai despedindo as pessoas de si mesmas. Não devolvi o último beijo que me deste, o último beijo que o meu pai me pousa na testa,

— Porta-te bem, miúda. Amanhã já cá estou. E não te quero metida na política.

Esse beijo que desconheceste queima o interior da tua testa, dentro da tua cabeça eu não estou morta, ponho minissaias curtíssimas para te hostilizar, seduzo-te e digo-te que podes ir bugiar, tenho catorze anos e quero que tu morras, quero que ressuscites quando a mesada se acabar ou quando eu cair da mota do meu namorado. Tenho quinze anos e ninguém se enfurece comigo quando eu caio dessa mota proibida, quando eu minto e digo que caí na piscina, se eu morresse acabava-se a necessidade de honrar a memória dos meus pais mortos

— Para a próxima tem mais cuidado, minha querida. Pensa nos teus pobres pais.

Penso em ti, pobre amigo, lentamente devorado por espectros, largando o medo da morte, pele de cobra. Quando Deus se distrai, a dor desaba sobre os contornos incandescentes das pessoas, transforma-as numa coisa qualquer. Um ressentimento. Uma fatia de carne esquecida depois da festa. Um pombo envenenado na relva. Uma horda de pombos debicando os restos da cidade. Uma poltrona com um ninho de ratos lá dentro. O espaço que nelas havia para o assombro enche-se de lodo pesado. Só sei, só sabes, coisas assim. Gato escaldado de água fria tem medo. Quem bem te amar faz-te chorar. Depois de casa roubada, trancas à porta. Trancamo-nos no calor das águas estagnadas, na evitação da vida — e onde fica a nossa luz? Onde fica o prazer de mergulhar nas águas frias, de nos deixarmos vogar na confiança do mar? Dos desgostos, sal da alma, às decepções que a devoram de mansinho, que distância vai?

Viajas. Vou contigo, no lugar do morto, por uma estrada roída de camiões, até essa vila poeirenta onde dantes nasciam copos de cristal. Que procuras, nessa fábrica que já não é tua?

— O senhor deseja alguma coisa?

Procuras os dias da vida antes de mim. Esqueces-me. As pessoas diziam que falávamos da mesma maneira, como um casal velho. Eu fizera-me mais bruta, casernal. Tu descambavas para o género lírico e usavas provérbios para tudo, os meus provérbios populares que ao princípio tanto te irritavam. Olhava para ti e sabia exatamente a cor e a forma do teu pensamento. Ou assim o julgava, o que é a mesma coisa.

Não posso encostar a minha mão ao teu rosto agora — e já nada sei do que pensas. Se ao menos olhasses para o céu — se nos teus olhos se ateasse a minha lonjura. Leva-me à tua praia, ouve. Leva-me a essa praia da tua adolescência, quando eu nascia noutro lugar. Leva-me a essa praia onde nunca estivemos juntos — gostávamos tanto de praia, os dois, lembras-te? Torrávamos à beira-mar, rodeados de jornais que folheávamos à procura de *morceaux choisis* para rirmos juntos. E tanto que ríamos. Dizias que o humor marcava a diferença da humanidade — os gatos não se riem, mas até o índio mais folharudo sabe rir-se de si mesmo. Gostavas de te rir de mim. Ficavas desvanecido a ver a minha aflição em torno dos percebes, a forma como eles me escapavam entre os dedos. Na sombra das esplanadas, o fim de tarde boiava, num vagar vermelho, em redor da nossa pele quente. Nunca te desejei — mas gostava de imaginar o prazer do teu corpo noutros corpos, gostava de te oferecer paixões, de te apresentar pessoas que te transformassem num rapaz eufórico, obsessivo — mais parecido comigo.

Em ti as paixões nasciam como cactos — o trajeto de um rosto bastava para acender a claridade. E em cactos se transformavam, passada a miragem. "As mulheres demoram mais a apaixonar-se — mas também resistem mais ao processo de desenamoramento", dizias, num registo clínico que normalmente não aplicavas a generalizações. Mas talvez estivesses certo. As mulheres trabalham para tudo, até para o amor. Exigem uma infinita construção de rituais, conversas, uma certa familiaridade com o mistério. São muito menos tolerantes com o imprevisível quotidiano e de uma extrema tranquilidade face às grandes desolações. Eu irritava-me por uma miríade de pequenas coisas que tu resolvias suavemente. Mas era incapaz de mentir, trair, sair da verdade de mim sequer para me iluminar com um rosto súbito.

Um dia quase saíste do meu coração. Tinhas uma namorada de quem eu gostava muito e estava longe, num curso qualquer em Berlim. Entretanto desenvolveras uma dessas paixões súbitas e secas por uma rapariga que conheceras na noite. Telefonavas pontualmente à namorada distante, repetindo-lhe palavras de amor e saudade — e já era doloroso perceber a que ponto se assemelham as palavras da verdade e do encobrimento. Mas um dia chegaste ao ponto de lhe dizer: "Sabes, tenho saído muito com uma amiga nova. Uma rapariga que encontrei no Frágil e que anda às voltas com uma tese sobre o retrato em Portugal no século XIX. Uma xaropada, pobrezita, lá tentei convencê-la disso — mas fez-me pena, e tenho tentado ajudá-la. Não te preocupes, não há nada de que te preocupares. Ela tem um daqueles corpos de manequim, esquálidos, sabes como é — não me interessa nada." Todos mentimos, até por uma inclinação de caridade. Mas investir assim de forma brutal contra a boa-fé de uma pessoa, isso só pode ser ato de maldade. O que ofendias era, mais do que a confiança, a fé que aquela namorada depositava em ti. Confundia-la deliberadamente. Troçavas da credulidade dela. Que resta, depois disso? Cinzas, um deserto de areia seca — uma pessoa que abusa assim de alguém não lhe merece amor nenhum.

Serias capaz de abusar assim de mim? Por que me continua isso a interessar? Porque também eu abusei de ti, tanto. Das tuas ideias, da tua história, do efeito que a minha juventude exercia sobre a tua melancolia. Copiei os teus trabalhos, enfeitei-me de louros com eles e esqueci-me de que eram teus. No entanto tu amaste-me ainda mais quando te tomei e comi a alma, quando te neguei para melhor me afirmar.

14. O dia desaparece vermelho no horizonte — menos um dia da minha vida, estou mais perto de ti. "Neste momento não posso atender, mas deixe uma mensagem, ligarei assim que puder. Obrigada." Gravei a mensagem do teu telefone antes que alguém a apagasse de vez. Tinha medo de perder a tua voz. Mas ela cresce com a tua ausência — frases completas, bocados desgarrados de fúria ou de felicidade. E o teu cheiro. Ofereci o perfume que usavas a uma amiga minha. Ela usou-o, e não era o mesmo. Deixei-a e vim para casa chorar o teu corpo irrepetível. O dom das lágrimas, esse que eu perdera em África e reencontrei contigo. Deixaste-mo em herança.

Gostaria de escrever a história da tua vida — mas que sei eu da tua vida? Enquanto estavas viva não precisava da tua história para nada. Mas as histórias consolam. Regressei a Pinheirais à procura da minha. A casa que foi dos meus avós e da minha mãe é agora um hipermercado. No lugar das coelheiras e da capoeira, das hortênsias azuis e rosa e do lago de peixes vermelhos, estacionam agora automóveis e carrinhos de compras. Mantém-se a fábrica, que tantas e tantas vezes esteve para fechar. Mas é agora gerida por alemães, já não conheço lá ninguém. Circundo-a a tarde inteira, acabo por me tornar suspeito.

— O senhor deseja alguma coisa?

Respondo que sim, que gostaria de ver a fábrica por dentro, que fui administrador dela durante cinco anos. O porteiro desconfia. Mede-me de alto a baixo, leva o meu nome, vai perguntar. Demora a voltar — deve ser difícil encontrar alguém que ainda possa ter memória desse tempo. Passaram vinte anos. O que significa vinte anos? Mandam-me entrar. Já não há homens a soprar o vidro, já quase não há homens — só máquinas. E já não se desenham ali os copos da minha mãe, só garrafas, em série. Um dos antigos operários reconhece-me, abraça-me, agradece-me. Pareço um velho, sou um velho, tens razão, vivo mas muito mais velho do que tu ainda. Mas que queres — comove-me esta gratidão, a mim, que sempre tenho fugido dela para não destoar do meu tempo.

Custou-me o segundo casamento, esta fábrica — pelo menos é assim que gosto de pensar. É evidente que, se não fosse a fábrica, seria outra coisa qualquer. Provavelmente estava já cansado da vida conjugal quando armei em Quixote dos comunistas, como a minha mulher dizia. É verdade que a sorte das famílias pobres da minha terra me preocupava. A ideia de as salvar era sedutora, sim. Mas movia-me sobretudo a urgência de não deixar morrer o património dos meus pais.

Ofereci-me para gerir a vidreira por um ordenado inferior ao que ganhava no Banco como simples chefe de seção. Como tu, importava-me mais o poder do que o dinheiro. Sabia já que essa atitude prejudicaria a minha carreira no Banco — mas, em 1975, a carreira não significava nada. Essa foi uma das coisas boas desse ano convulso — vês como, lá no fundo, eu já estava incerto no teu lado certo? Os meus irmãos queriam vender ao desbarato a obra que os nossos avós tinham construído — eu consegui salvá-la. Vendemo-la mais tarde, é certo, aos franceses, que depois a venderiam aos alemães — mas consegui salvaguardar os postos de trabalho e o nome da minha família. E vender a fábrica a bom preço. Acreditei que na partilha dessa venda os meus irmãos me destinariam uma fatia maior, em homenagem ao meu esforço e ao meu sacrifício. Não falaram nisso — e eu nada disse. Nunca mais lhes disse nada, de resto; acabaram-se os Natais, os aniversários, nunca mais ouvi as correrias e as gargalhadas dos meus sobrinhos.

A minha mãe já estava morta quando vendemos a fábrica. E depois a casa dela ficou anos e anos desfazendo-se devagar, sem que ninguém falasse em partilhas. Fui trazendo fotografias, livros, cartas — memórias de que ninguém queria saber e que se desfaziam na caliça da umidade. E um dia telefonou-me um vizinho dizendo que a casa estava ocupada por um grupo de drogados. Tinham transformado em lenha a mobília praticamente toda, e o piano desaparecera.

Vi durante anos o sofrimento daquela casa. Sonhava repetidamente que a família se reunia nos escombros da casa, acendendo velas e ateando a lareira, com as crianças saltando de viga em viga, no andar de cima, já quase sem chão, os bebés enrolados em mantas por causa do frio que vinha das paredes esventradas. Fazíamos de conta que a casa estava viva e que éramos ainda a família feliz dos Natais de há muitos anos. Trazíamos piqueniques, comidas já prontas em caixas de plástico, a casa já não tinha água, nem luz, o estuque caía do teto, neve de miséria, de melancolia. A minha mãe estava viva e repetia: "Não é confortável, a minha casa?" Repetia: "É tão bom tê-los aqui todos juntos."

Nos últimos anos de vida, a minha mãe deixou de acender a lareira. Dizia que dava muito trabalho a limpar. Acendia um radiador pequenino diante dos pés, a sala gelava. O pó formara uma toalha de névoa sobre os móveis. A casa começava a desfazer-se, ela sabia-o mas não admitia esse saber. Ficava dias inteiros em frente à televisão, à espera que o telefone tocasse. E quando algum de nós telefonava, atirava sobre nós a sua solidão, em frases cáusticas. A solidão contagia-se, é uma doença. E depois não se cura. Começámos a evitá-la — a ela e à casa, para não a vermos como era agora. Deixámos de dormir na casa. Os lençóis estavam sempre úmidos do frio, os aquecedores não funcionavam, entrava água pelas fendas das paredes e a instalação elétrica tornava-se perigosa. Falámos em obras, ela não quis ouvir. Não queria as paredes pintadas, dizia que tudo devia ficar como sempre fora — mas nada se mantinha já como era dantes, já nenhum de nós era o mesmo.

Só vivendo sobre a mudança se podia evitar a dor, só contornando a monstruosa perfeição do tempo se podia vencê-lo. Assim pensava, e enganei-me, porque o tempo não é pensável. Concentrei-me em deixar de ser para poder ser tudo, em esquecer para dominar a existência. Eu sou o tempo; sou nada, o nada veloz e imóvel que molda o corpo do tempo. Deixar de ser é ainda acatar as regras implacáveis do ser. Estou esgotado de correr contra a dor, contra a memória, contra a infância, contra o amor e o ódio. Criei uma meta de tranquilidade que se afasta tanto mais quanto mais corro para ela. Não há paz no instante, e eu vivo de instante para instante. Começo a temer que a paz se alimente do sangue da paixão de que abjurei.

Sofreste tanto, na maratona torturante da paixão — ensina-me a sofrer. Ensina-me uma dor que não passe, que possa fulgir no sulco das lágrimas quando as lágrimas tiverem secado, que possa deixar um lastro sobre a mesa em que a minha cabeça pousou, desesperada. Ensina-me a mansidão desse desespero onde fervem as alegrias passadas e futuras, o esplendor do êxtase mortal. Ensina-me a tua morte, que em vida apenas pude surpreender.

15. Há fatos insignificantes que não esquecemos. Eu era muito nova, e aquele casal era para mim a paisagem da felicidade. Era no tempo em que ainda é possível ser-se para sempre feliz. Eles eram radiosos. Como se vivessem numa partitura de Gershwin — ritmo, energia, cor. Passava horas feliz só de olhar para eles, pensando se uma sintonia daquelas me estaria alguma vez reservada. Sabia que era pouco provável; a gente sabe quando tem o vício do desajustamento, a gente sabe isso, mesmo aos vinte anos. Eles eram o único casal que eu conhecia, quero dizer, o único casal jovem. Tinham um filho encantador, profissões interessantes — ela era leitora paleógrafa, ele psiquiatra. Não discutiam. Riam muito, de tudo, de nada. Ao fim de semana, a casa deles estava sempre cheia de conversas animadas. E uma noite, quando vínhamos a descer no elevador, um dos meus colegas perguntou-me: "Tu que os conheces bem, diz lá: é verdade que ele só gosta de rapazes e ela só gosta de raparigas, e que este casamento é uma fachada, uma espécie de negócio secreto entre eles?"

Os grandes momentos da minha vida não me acudiram na hora da morte. Mas agora, neste noante onde flutuo, o meu espírito voraz de insignificâncias deleita-se na rememoração de frases destas, as frases que nunca fui capaz de entender. Frases de ingratidão, creio. Quantas frases destas terei pronunciado, sem saber? Porque a opacidade do mal é interior. Um muro desconhecido dentro do coração. Nunca vemos o mal que fazemos, só o mal que nos fazem se torna claro. Bem sei que sempre defendeste ser a ingratidão o motor invencível da vida na Terra — mas nunca consegui compreender porquê. Qual o mecanismo. Esse entendimento resiste-me, ainda, na noite estrelada de onde te olho, pedindo-te perdão. Fui tão ingrata para contigo, sim. Olho-te ainda na esperança de descobrir, à distância definitiva de tudo quanto fui, a raiz desse vento que te levou para tão longe de mim. Tão ingrato foste para contigo mesmo. Para com a tua memória de mim.

Foste a última imagem do meu breve filme de morte. Eu subia no balouço quente, quando a luz se derretia eu ouvia a tua voz. Dizias: "Não fujas, Sininho." Vivíamos na terra do nunca, onde não se cresce para não se morrer, tu rias-te e emprestavas-me a melancolia lancinante de uma fada ciumenta. "Não fujas, Sininho." Dizias isto muito devagar, e depois corrias por um campo de sangue, com os pés lentos combatendo o lodo cor de vinho. E eu queria dizer-te que não me chamo Sininho. Queria dizer-te o meu nome, mas já não tinha voz.

15. Muitas vezes procurei apagar um corpo em outro, trajeto banal das noites humanas. Mas recordo essa ocasião particular em que falhei. Tratava-se de uma mulher belíssima, ao contrário daquela que eu queria esquecer. Nem era bem uma pessoa, era uma cadeira de repouso. Com uns traços tão perfeitos que se esqueciam no próprio instante do olhar. Parecia saída de um manual de desenho; a outra, a inesquecível, tinha os dentes da frente demasiado afastados, um ligeiro estrabismo, o nariz adunco a lembrar aves perigosas.

Dizem que a beleza corrompe. Para mim é uma tela lisa, inocente ausência. Conheci muitos homens assim, tocados sobretudo pela falha. As mulheres que amei eram uma violência ativa sobre os princípios da harmonia. Como as casas.

A casa da minha mãe. Um odor excessivo a maçãs maduras, compotas, veludos vermelhos, molduras amolgadas onde olhos de sépia fechavam o mistério da vida. Não se sorria, nesses retratos de antigamente, com a neve dos invernos húngaros atrás dos vidros, e os veludos e castiçais de prata. Instantes de posteridade solene, encenados para assombrar o inimaginável futuro.

Nesse tempo, o futuro era o que excedia a imaginação. Agora, o futuro não existe; o tempo foi substituído pelo espaço onde tudo o que foi converge com tudo o que será. A isso se chama ser contemporâneo. Viver na presunção pós-moderna do presente infinito, entender tudo sem saber a fundo de nada. E querias tu ensinar História, rapariga. Um dia um aluno teu respondeu-te que toda a História é ficção, por isso não valia a pena decorar as fases da Revolução Industrial. "Bom. Então também é uma ficção eu estar aqui neste momento a olhar para si, à espera de uma resposta. Saia." Os subterfúgios impacientavam-te. A retórica exasperava-te. E as meias verdades eram-te intoleráveis. Eras positivamente cândida.

A planície alentejana parecia um desenho infantil. De um verde de feltro, ondulante, salpicado de pontos vermelhos, brancos, amarelos. Era o primeiro dia de Primavera, íamos a caminho de Mértola com uma menina de cinco anos, filha de uma amiga tua que estava numa ressaca de amor. A criança pediu que parássemos para tomar banho num lago azul no meio do verde. Parámos, despiste a criança, vestiste o fato de banho que trazias sempre no carro ("Nunca se sabe quando se encontra um sítio bom para nadar") e entraste na água gelada com a criança ao colo.

— O meu pai está neste céu?, perguntou a menina, enquanto secava ao sol.

Disseste-lhe que sim, com toda a segurança.

— Sozinho?

Explicaste-lhe que não. O pai estava com o avô e com os teus pais, que também já tinham morrido, a jogar às cartas. E a velar por nós todos, cá em baixo. Depois a menina quis jogar à bola, e depois caiu e magoou-se, e tu inventaste uma história com gatos, morcegos e fantasmas, que a fez rir outra vez. Eras ótima a inventar histórias infantis, com muitas peripécias, bons excelentes e maus terríveis que acabavam por morrer ou converter-se à bondade.

Destruía-te que as pessoas não soubessem ser de uma bondade intacta, inquebrável. À mãe desta menina de cinco anos, por exemplo, deste-lhe dinheiro, muito dinheiro para ela construir a câmara escura que lhe permitiu tornar-se fotógrafa. Depois perseguiste todos os galeristas de Lisboa para lhe arranjar uma exposição. Sugeriste-lhe um tema mediático: crianças de rua. Empenhaste todo o teu poder de reclame para que a exposição fosse um acontecimento: políticos, atores, televisões. E depois ela agradeceu a inspiração ao marido (morto de *overdose*), à filha, ao galerista. E nem uma palavra para ti. Querida. Nunca aprendeste a dar só pelo prazer de poder dar. Pelo poder divino de ficar de fora a observar, com um gozo íntimo e omnipotente, o espetáculo multimédia da grandeza e da catástrofe humana.

Calculo que o alheamento dos nossos amigos comuns em relação à nossa separação te tenha magoado. Nenhum esforço, por mais ténue que fosse, para nos reunirem. As amigas que me apresentaras declaravam taxativamente que afinal não éramos feitos um para o outro. E que isso era uma evidência, desde sempre. Uma delas, em particular, passou a inundar-me de presentinhos, telefonemas, recados. A Patanisca, assim carimbada pela particular petisquice dos seus remates: "E quanto a isso, pataniscas." Uma noite telefonaste-me a pretexto de me dares a notícia da separação de uma antiga colega tua da Universidade, que encontrara o marido na cama com outro. Depois contaste-me a anedota da mulher moderna, que prefere o lobo mau ao príncipe encantado porque a vê bem, ouve melhor e no fim ainda a come. Dez minutos antes eu recebera um telefonema igual da Patanisca, que antecipara uma por uma as tuas palavras, sem nunca te referir. Não te disse nada, claro. Para quê ferir-te, se já não sabia como te consolar? Se as tuas réplicas me eram mais suaves do que tu?

Quando nos separámos, os nossos amigos comuns ficaram aliviados. Tu aproximavas-te do Poder, tornaste-te uma agência de empregos revestida a néon, convinha que tivesses o menor número de clientes possível. E eu era um homem avulso, ideal para saídas de emergência. Ou para isco de namorados arredios. Separados, éramos muito mais úteis ao extremoso grupo de amigos que criáramos do que juntos, cintilantes e perigosos como um par de amantes. Os seres que criáramos precisavam de nos matar para sobreviver. E nós deixámo-nos matar, porque está na natureza do amor estilhaçar-se sem ruído, desfazer-se em vidros e pesar-nos no lugar do coração até que a morte o restaure.

16. "A fé impede-nos de viver", dizias. "Põe todo o prazer no futuro — é por isso que é tão útil aos pobres." Mas que faremos da imaginação do prazer sem essa fé? Quando os meus pais morreram, julguei que Deus se ria de mim e virei-lhe as costas. O padre que os enterrou só falava de pecados. Inferno e contrição. Os tios que tomaram conta de mim diziam-me que eles estavam no céu a velar pelo meu futuro, e eu enfurecia-me com esses pais mudos que me deixavam na solidão da noite interrogando as estrelas. Nunca os ouvi, como tu não ouves agora o que te digo. Mas o sorriso de Deus tocou-me, provando, na sua oscilação, que eles estavam lá, algures, no negro. E parecia-me que a graça da existência consistia em procurar vozes na noite — uma noite cuja cauda se arrasta pelo fundo do mar e pelo interior da terra, uma noite que o vapor branco do sol apenas abre um pouco mais. Assim me apaixonei pelos livros — pela noite que neles nos invade, quando os abrimos, pela noite que neles nos resiste, depois de lidos, relidos e fechados. Pela noite que prossegue, incansável, entre as palavras, as palavras sem dono, escritas da ausência para a ausência.

16. A maior parte das vezes, as pessoas mentem para nos proteger. Se eu perguntava por ti, ninguém te tinha visto. Se te encontrava com algum dos nossos amigos, era mera coincidência, acaso. Pensamos sempre que o mundo é muito maior do que é na realidade. Pensamos sempre demais — pelo menos tu. Era o que eu te dizia: "Para de pensar. Acabas por não entender nada."

Uma paixão inocente — incapaz de acabar. Um céu de onde o azul não desertasse, colado pela força da justiça. Amavas a amizade, com uma devoção de segurança. A amizade resolvia a efémera arbitrariedade do amor. Cachopa tonta. Como se o prazer que eu sentia ao olhar os teus cabelos revoltos, dançando-te pelas costas, se pudesse explicar.

Tu não querias mudar o mundo; querias um mundo perfeito em que os afetos fossem sólidos como casas. Mas também as casas morrem. Que farias, quando descobrisses que o mundo nunca muda, ou pelo menos não muda como tu queres?

O azul do céu muda para rosa, laranja, depois será negro outra vez. É esta a hora dilacerante, a hora a que os mortos voltam a cheirar a vivos para ficarem um pouco mais mortos. Fazes-me falta. Vejo-te passar diante deste café, na esquina da minha rua, em que nunca estive contigo. A esta hora vejo-te muitas vezes. Há tantas raparigas parecidas contigo e nenhuma delas és tu. Vejo-te também no espelho ao meu lado, dentro dos meus olhos, que parecem teus, até nesse jeito de procurarem os espelhos. "Passo os dias a imaginar/ A tua sombra a passear/ Desse outro lado do mar/ No avesso do meu sol/ Julgava saber já tudo/ Deste amor grande e miúdo/ Continente e conteúdo/ Com alcance de farol." A fé de que tu falavas tanto enreda-me agora, morde-me, no banal desespero das canções que te servem agora de morada.

17. Sei que não me ouves; se me ouvisses escolherias, por exemplo, outra fotografia — estou tão pouco nessa que escolheste agora para a tua cabeceira. Rio-me em excesso — sou só dentes, e tenho uma camisola pavorosa, às bolas coloridas. A magreza complexava-me, punha tudo o que me arredondasse as formas. Mas tu gostavas de me fotografar nos piores ângulos, nas piores situações: com a boca cheia, ou a sair do banho, com o cabelo em pé ou a acordar, remelosa. Quando íamos à ópera e eu punha o meu melhor vestido nunca me fotografavas, nem a pedido. "Chama um fotógrafo da *Hola*", dizias. "Eu cá não sou especialista em princesas delambidas."

Lembras-te de mim, o que é outra forma de escuta; a única, provavelmente. Porque é que só agora te lembras de mim? Teria eu tido pais, se eles não tivessem morrido? Na adolescência, todos os meus amigos se queixavam dos pais, procuravam fugir-lhes. Eu queria reter tudo. Vivia cada momento na ansiedade do futuro — e olha como o futuro veio ter comigo. Não consigo soltar-me desse futuro que não tive, feito das recordações do passado imaginado. Agora que tens a minha fotografia na tua cabeceira, ainda que seja uma fotografia errada, posso abandonar-te um pouco.

17. Pensei que longe de casa dormiria melhor. Procurei o refúgio das pousadas de infância onde nunca estiveste comigo. Mas agora já não consigo estar longe de ti. Tudo está tocado por ti. Tu estás em tudo — noite negra ou inundada de dia, montes, noite minha, noite nossa, noite dos teus braços que não há. Pensar. Construir uma barragem lógica de palavras contra a terrível imaginação da vida. Organizar a memória em estantes, filas de carrinhos que se empacotam para outras pequenas mãos, outros brinquedos. Desfazer-me de ti como do calor, nas ondas deste mar onde cintilam os sonhos parados da minha adolescência. Lembrar-me de mim antes de ti — mas tu já não deixas.

Sobes pela minha vida com essa gargalhada abissal. "O meu romance há-de ter um fim feliz", dizias, quando ainda acreditavas que se podia suspender a morte em palavras. "Não se usa, eu sei; não se usa porque é mais fácil deixarmo-nos flutuar no imediato da tristeza do que rasgá-la até à desfiguração da alegria. Estou farta deste mundo de estetas." Dizias estas coisas como se me espetasses ferros para me veres escoicinhar. Ganhaste. Viciei-me na alegria de estar contigo, inclinado sobre as tuas frases, ardendo pela primeira vez de desejo sobre o teu corpo inexistente. Ganhaste, Sininho. Aqui me tens, deslumbrado e impaciente, reconstituindo o tu que falta nas fotografias, as conversas que se calhar nunca tivemos.

18. Procuro a amizade que me fez feliz. Dito assim, dá vontade de rir, e não é caso para menos — não se pode ser feliz só com a amizade. Nem só com o amor. Se conseguíssemos ser inteiramente felizes, o que ficaria para desejar? De qualquer maneira, fui feliz enquanto vivi a quatro, com a Teresa, o Falinhas Mansas — que na altura era namorado dela — e o Pascoal. Parecia que estava num conto infantil, daqueles em que há sempre três patinhos, sete anõezinhos, um pequeno grupo que discute muito mas sabe defender-se da perfídia do mundo. Acreditava em tribos, nessa época. O ninho desfez-se, evaporou-se devagar, ficaram apenas flocos de algodão entre os meus dedos — coisas que não se veem nem se apagam.

"Eu quero desenhar o calor. Como é o calor?" — perguntava a filha da Lia, aos dois anos e meio. Corália transformara-se em Lia para enjeitar, mais do que o nome, as origens. Comecei a protegê-la ainda no liceu — primeiro sentada no degrau carinhoso da piedade, depois em verdadeira homenagem pela sua saia de xadrez desbotado. Já não se usavam batas para irmanar estudantes, o fulgor económico despontava e prevalecia nas gangas de marca americana. Corália só possuía aquela saia de pregas e atravessava todos os dias o pátio do liceu em porte heroico, esmagando o desprezo das raparigas e a incauta cegueira dos rapazes.

Preciso de encontrar Lia, preciso de me despedir de Teresa, preciso de abraçar aqueles que um dia souberam ser amados por mim, todos os que se deixaram imaginar pelo precipício, criaturas fugitivas que me alongaram a sombra ao partir. Escorrerá alguma sombra de mim no pensamento das suas vidas?

Encosto-me à porta da casa onde deixei um dia a minha alma morta, julgando que apenas largava a pele. A porta da casa onde umas cem vezes o amor me abraçou a bom recato, disfarçado de sexo. Ele está lá, deitado no chão onde começou a matar-me, muitos anos antes da minha morte.

18. Podias ter arranjado um viúvo menos descarrilado. Alguém que depois outros lembrassem pelo fulgor da saudade. Quando a mulher do meu amigo Alexandre morreu, ele perguntou-me em surdina, voz desmoronada: "Porque é que a morte não pergunta primeiro: posso levar esta pessoa, ou levo outra? Porque, se perguntasse, eu teria dito que me levasse a mim primeiro."

A mulher do Alexandre morreu de leucemia. Ele era médico e mentiu-lhe, confiante de que a fé nessa mentira operaria o milagre de transformar a verdade numa mentira imortal. A mulher do Alexandre não existia; ele é que era o marido dela, da pintora que criara o neobarroco e praticava a religião do amor plural. Se o Alexandre tivesse morrido primeiro, a sua mulher tê-lo-ia chorado, pintado e esquecido. Mas o Alexandre vivia do sangue dela, desse sangue desequilibrado, frágil, excessivo. Se a morte me tivesse perguntado, juro-te que lhe teria suplicado que me levasse em vez de ti. Mas não tenho o direito de dizer isto a ninguém. A começar por ti.

Se Deus existe, é um romancista dos ranhosos, isso garanto-te eu. Desses despachados e cheios de esquemas, que atiram as personagens para o buraco que os estudos de mercado considerarem mais rentável. O que tem engordado, esse teu Deus, com a miséria que distribui pelos seus pobres personagens — é vê-los em Fátima, de rastos, a pagarem a esmola das raríssimas graças com que Sua Excelência os vai brindando, para lhes manter a fé em lume brando. Tu dizias que estas pessoas rastejantes, quase sempre mulheres, vivem felizes, num desassossego de fé: "Contam com a Senhora para interceder junto das mais altas instâncias divinas. Porque a Senhora foi mãe e viu crucificarem-lhe um filho. Porque a Senhora chorou lágrimas que elas conhecem. Porque a Senhora é linda e radiosa como elas já foram e hão-de ser, na eternidade."

Quando os teus pais morreram, disseram-te que a fé é que nos salva. E que fé é que me salva da tua morte? É vê-los, cheios de fé, na via-sacra das repartições, dobrados aos favores dos capatazes, ruminando no borbulhante Dia do Juízo em que o Senhor arregaçará as mangas para lhes vingar a alpaca das humilhações. Desde que os ateus Lhe decretaram a morte em altos gritos, fizeram Dele um mártir — e Ele aí em cima, aqui em baixo, por todos os lados da nossa vida a rir-Se de nós, a roer-te esses ossos tão tenros, a roer-me o corpo em que tu respiras, a tapar a música terrena do teu riso com o trovão da Sua injustiça infinita.

Se ao menos eu tivesse escrito cada um dos nossos dias, anotado a sequência das nossas conversas, agarrado o Tempo que nos foi roubado. Uma narrativa, uma ilusão de ordem que estancasse a fluidez insignificante da vida. Pelo sim pelo não, vê se explicas a esse Imperialíssimo Barbudo que ninguém gostou tanto de ti como eu. A ver se ao menos o Tipo te põe a milhas dos gabirus desagradecidos a quem tu chamavas amantes, e me põe à mesa contigo, para eu te ganhar às cartas, como de costume.

19. A amiga com quem fui feliz chega a casa, despe o traje de seduzir, dobra-o cuidadosamente, veste o fato de treino, liga a televisão e pedala na bicicleta de ginástica durante meia hora. Tantas vezes lhe pedi que comprasse uma bicicleta a sério e fosse pedalar no jardim. Ou que tentasse fechar as portas de mansinho, em vez de bater com elas e de me acordar sem querer. Ou que não cantarolasse enquanto eu ouvia as notícias. Ria-se, insistia. Creio que julgava que esses pormenores lhe conferiam um valor distintivo. Ou talvez a ira que estes hábitos me causavam fosse para ela um despertar de sensualidade. Sempre que a minha irritação atingia o rubro, ela desatava a rir, e o riso suavizava-me. Nada do que eu fizesse ou dissesse podia afastá-la de mim — era essa a sua força, uma força maligna que me instigava os limites.

Não durámos um mês de solidão. Em tribo, a minha vontade de esventrar aquele amor inoxidável dormia num casulo sem tempo. Acreditei que na amizade encontraria o sabor mítico da correspondência absoluta, a felicidade sincrónica com que o amor apenas brinca. Mas também a amizade se mostrou vulnerável ao tédio e à decepção. Tudo o que tocamos se desfaz. Depois fica-nos o vício da decomposição, o perfume intoxicante das coisas mortas. Pode-se dormir no ombro de alguém uma vida inteira e morar noutros corpos, que nunca se tocaram. O sonho. Foi sempre essa a maior das minhas experiências. Amei com muito maior rigor os meus pais mortos do que aqueles que tive, na vida real, durante catorze anos. Para isso servem os mortos: para que os inventemos à medida do nosso desconsolo.

Afastei-me do homem que me revelou a radiação da felicidade porque nenhum de nós podia abraçar a luz vertical desse céu oferecido. Encontrámo-nos demasiado cedo numa civilização descrente de encontros definitivos. Entendíamo-nos inteiramente. Estranhávamos esse entendimento tão íntimo, semelhante a um crime sem culpa. Desconhecíamos por completo o enigma da vida de casal, a habitualidade e os contornos passionais do tédio, de forma que depressa nos reencontrámos irmãos. Mas não podíamos viver em fraternidade sendo namorados, nem viver como namorados sendo irmãos. Juntos, éramos um só ampliado pelo menos duas centenas de vezes. Não precisávamos de mais ninguém. Por isso nos foi tão fácil arranjar um par de namorados novos para fazer de conta que a existência seguia o seu curso normal. Contemplo o mapa improvisado do meu corpo sobre o tempo e destaco-lhe claramente o sentido, a organização submersa dos trajetos, o corredor negro dos enganos múltiplos.

Tanto que aspirei à transcendência — para quê, se nem a memória da minha voz posso encostar ao ouvido daqueles que amei? Supremo Arquiteto do Universo, Deus babélico de todas as bíblias, concede-me a graça de uma nova vida. Mesmo que seja nas escadas de serviço deste mundo que já conheço, doloroso e confuso. Mesmo que me aumentes os obstáculos e as decepções. Mesmo que eu me engane outra vez — como Tu Te enganaste no rascunho da vida daquele que podia ter sido meu filho. Enganaste-Te, não foi?

19. A amizade, história de perdões incessantes. Com o passar do tempo perdemos a paciência para a história, já não nos importa perdoar e ser perdoados. Essa aeróbica interior cansa, miúda. Eras tão obsessiva em tudo. Queria roubar-te a obsessão, ter outra vez os teus vinte anos. Mas eu era já demasiado velho, voltava a ser novo, como as crianças, trocando um brinquedo pelo outro, respondendo ao brilho da próxima mão, existindo à superfície das coisas, tátil. A sabedoria do gozo, avessa à ciência do prazer. A felicidade esgotava-te, o sofrimento exaltava-te, nada era fácil para ti. "Como podes ter vivido tanto e ser tão leve?", perguntavas-me. Eu respondia-te apenas com sorrisos. Ai de ti, se descobrisses que viver demasiado é desistir da vida. Como as crianças. Morrem num instante. Magoam-se menos. Não sabem que a morte existe. É por isso que não perdoo a tua morte. Crava-se-me nos ossos. Sou a tua morte, para que tu vivas ainda. Precisava de um filho que me tornasse mortal em vez de morto. De um ser sem passado nem futuro, hoje, aqui, nos meus braços afogados na tua sombra. O que viverá de ti quando eu morrer?

Amei-te mal, Sininho. Não fui tudo o que sonhavas de mim. Se ao menos tivesses levado o meu mau amor contigo, para essa terra de onde já não és. Mas insistes em ficar comigo, em atacar-me com os dentes cerrados da loucura. O teu silêncio esmaga-me. Já não sei procurar as gargalhadas, correr para a alegria momentânea dos regatos. Sou a tua vítima, agora culpado de tudo o que não fiz. Se ao menos me aparecesses, uma única vez. Faz-te fantasma, entra-me pela varanda, mostra-me o teu rosto desmoronado. Durante muitos anos pensei em sair do país para ser estrangeiro, melhor.

Mas agora que o meu país és tu, já não tenho saída. Há cem milhões de estrelas, só na nossa galáxia. E em todas elas o teu olhar existe, cintilação fria da mentira de mim. Quem sou eu, neste inferno deslumbrante preenchido pelo negro da tua ausência?

Afastei-me de ti porque éramos imortais; voltaríamos sempre um ao outro. "Não quero ter filhos porque ficaria refém da vida deles", dizias. A morte de um filho era o teu único tabu. Poderias tê-lo ultrapassado se tivesses encontrado o homem certo. Nisso eras absolutamente canónica: um filho precisava de pai e mãe. E desprezavas as mulheres que engravidavam de propósito, com a determinação calculada de um criminoso. Respeitavas, acima de tudo, a liberdade alheia. Mas o que é a liberdade? Eu não creio no teu Deus, fujo dos deuses que nos desenham sob o rosto, à nascença, todos os pensamentos tristes da vida. Não creio em nada que arranhe a superfície rasa da vida. Tu acreditavas em tudo, para o melhor e para o pior. O meu amor por ti atinge agora o auge. Já não possuo nada a que me agarrar. Nem o teu corpo, nem a minha razão, nem a vida, lá fora. As pessoas que te conheciam não nos servem agora. Lembram-se de ti como de uma morta. Inventam-te. Fazes-me falta. Não te consigo inventar.

Porque os enredos, mesmo os mais mesquinhos, são rituais de fuga ao tédio. Embirrava contigo para te ver espernear. Até que deixei de ter paciência para te ouvir. Irritavas-me a despropósito e eu já não conseguia controlar o enredo da minha embirração contigo. *Mea culpa, mea maxima culpa*, já não conseguia ouvir-te as lamúrias. Nunca usaras a hipocondria existencial como técnica de sedução — de resto abominavas esse género de aproximação, tornavas-te quase agressiva quando alguém tentava comover-te com queixas ou doenças imaginárias. "Só no Woody Allen suporto isto. Porque ele usa a hipocondria como mera música de fundo, quase como quem pede desculpa de ser tão perfeitamente inteligente. E a maioria das pessoas usa-a em vez da inteligência. Sobretudo as mulheres, por muito que me custe admiti-lo." E rias. A falta que me faz esse teu riso. Quase obsceno. Apagava a luz do dia, o ruído do tédio, a gritaria das crianças do andar de baixo. Depois educaste-o politicamente — há quantos anos o teu sorriso morrera, quando tu morreste. Ris-te agora, imponente, nos meus sonhos. Havia algo de trágico nesse teu riso, um desgosto de que o mundo fosse tão diferente dele. Uma dança de rajada sobre a pompa e a miséria. Um amor bolorento em que se mergulhava como num mar de nuvens quentes. Havia o rosto eterno da vida, nesse teu riso que morreu.

20. “Guarda os desejos do meu corpo sem sorte/ o futuro do meu sangue/o lume dos meus sonhos/ o tempo no espaço da paixão sem morte.” O Pascoal estava sentado no muro da praia da Falésia, o caderno na mão, à procura de uma canção nova, e eu dei-lha. Ele escreveu o que eu lhe ditei. Tudo o que eu não escrevi, tudo o que eu poderia ter escrito, a equação do instante intransitivo foi-me ditada por ele. Do outro lado do mar, numa praia fria do Canadá, o meu primeiro namorado olha as estrelas e ouve-me — porque é que tu não consegues? Sussurro-lhe a canção do Pascoal e ele repete o meu nome. Sem sequer saber que eu morri. Já não tínhamos nenhum amigo comum, e eu nunca fui ao Canadá. Acabei por não ter tempo — escrevemo-nos muito, durante uns anos, depois apareceste tu, depois a política. Encostou a cabeça sobre o ombro como se me sentisse o sopro. Deixou crescer o cabelo, ficou mais loiro e menos adulto. Voltaria a não ser irmã dele, se pudesse. Vivo em cada um dos gestos dele. Não sou capaz de ficar junto dele porque estou morta. Só em ti, que regressaste depois da minha morte, não consigo morrer.

20. Os casamentos, como os funerais, são dias de esquecimento. Embriagamo-nos de champanhe ou lágrimas, afogamo-nos no leito grosso de ruínas sobre as quais o sangue habitualmente circula, e de repente é noite e não sabemos bem o que se passou. Só depois, nas fotografias, nos damos conta de que estivemos lá — mas dos enterros não se guardam fotografias. Do teu, ficaram as fotografias dos jornais, uns segundos de filme na televisão, entremeados de imagens de arquivo — a política sempre tem algumas vantagens. Tu apareces já transformada em caixa negra, com a bandeira verde e vermelha por cima — berrante até ao fim, mesmo no mistério mortal. Tinhas às vezes tanta pena da tua falta de mistério, Sininho — terei chegado a dizer-te que essa transparência seduzia infinitamente mais do que todos os sobrepostos véus das divas que invejavas?

Querida exterminadora incansável. Inventaste um centro de ataque à injustiça, uma porra com um título mui correto, Gabinete da Equidade, e o que ganhaste? Ganhaste a doença da dor, dezenas e dezenas de mulheres moídas de pancada agarradas a crianças abusadas, tudo no teu colo a pedir milagres, tu sem consolo a inventares casas e escolas e empregos que não havia, que nunca há para esses seres desgraçados, tu a dormires no chão, tantas vezes, com a alegria da felicidade alheia, essa alegria feroz que era o teu maior vício.

— Esta noite pelo menos elas dormem sossegadas, esta noite pelo menos elas sabem que alguém as protege, dizias-me, num murmúrio doce, ao telefone.

Depois recebias ameaças. De uma vez até te deixaram um recado espetado num monte de merda dentro do teu quarto. Rias-te nervosamente:

— Não é com estas instalações de arte bruta que me assustam, deixa lá.

Transformar-te-ás então numa lápide com o teu nome de ex-lapidar e duas datas separadas por um tracinho. No descerrar da lápide, alguém te chamará “insigne vulto”. E ninguém contará o essencial: que te deitaste sempre muito tarde, por causa do travo das palavras cansadas, do tempo que o vinho leva a abrir e do escuro que deixa o riso chegar. Que descobriste no verão quente dos teus liceus uma vocação para Pasionaria desempregada, dessas que, à falta de uma boa guerra, se põem a salvar a inteligência dos vizinhos. Que nestes preparos contraíste o vício dúplice de amar e ser amada, e que, tal como a velha Madre Teresa, com a qual aliás embirravas, não duvidavas de que São Pedro teria um camarote de luxo reservado para ti.

Nos recortes de jornal, para além da caixa negra onde te levam transformada em pedra, encontro o rosto desmanchado da tua amiga Lia. Na legenda, as palavras automáticas do pudor ou da sobrevivência. Nos olhos dela, a pólvora queimada da culpa. Votou contra ti, votou provavelmente contra a sua própria história, quando se tratava de aprovar a lei da interrupção voluntária da gravidez. E tu nunca lhe perdoaste essa traição evidente. Perdoaste, tijolo a tijolo, edifícios firmes de traições minimais e repetidas — não serás agora capaz de perdoar a traição desvairadamente apaixonada dessa mulher que orbitava em torno de ti? O teu Cristo não perdoou ao Amigo que mais amava? Ou não podes perdoar-lhe o amor que não lhe tiveste — o amor que derramavas sobre corações incubados, como o meu?

21. Com que enlevo nos iludimos. Senti-me tão abnegada e pura quando me inscrevi no partido, no dia seguinte a uma violenta derrota eleitoral. "Estou aqui para o que for preciso", disse eu. Creio que ninguém, a começar por mim, contava que, dez anos depois, quando ganhámos a maioria, eu chegasse a deputada. Tu terás pensado que era o poder ou o estatuto o que me entusiasmava. Nunca foi. Bem, nunca foi essencialmente isso. Mas também não era só o amor ao próximo — ou antes, era muito essa variante maior do amor ao próximo que consiste no desamor de nós. A desilusão lenta com o meu pequeno mundo conduziu-me à virtude. Deus terá agido por limpa magnanimidade, quando nos criou?

Fartara-me da poesia estática da revolução de café — precisava de agir. Humilhei-me na disciplina e no silêncio, adquiri habilidades negociais esconsas de que me orgulhava. Aprendia, o que era outra forma de ensinar. Um novo exercício de paixão — os dias passavam sem que desse por eles; o tempo, que na História se me afigurava muitas vezes preguiçoso — embora nunca circular, como tu pretendias — surgia-me agora despedaçado, um *puzzle* que poderíamos refazer com as nossas pequenas mãos. Demasiados estudos históricos conduzem à passividade — pelo menos contigo era assim. As figuras repetem-se, as decepções recorrem, a ação humana não significa mais do que um lago de fontes espetaculares em que a água não muda. Analisei leis, comparei sistemas, escrevi resmas de projetos muito concretos, consolada com o bem-estar que o meu esforço ia levar ao mundo.

Sofri o lume brando das invejas, intrigas que atrasavam o curso dos trabalhos e faziam murchar as páginas, e perseverei. Quando me levantava para falar nas reuniões, crescia o burburinho na sala; ouvir uma novata cheia de convencimentos de mudança afigurava-se, aos meus pares, uma afronta. Subia o tom, e os murmúrios acompanhavam a subida. Numa ocasião calei-me, simplesmente, a meio de uma frase, e esperei que o meu silêncio os silenciasse. Depois acrescentei: "Já que a capacidade de concentração dos meus camaradas está hoje muito diminuta, é preferível entregar-lhes cópias do meu discurso para que as leiam quando estiverem mais calmos." E escrevi um protesto que entreguei à imprensa, acusando os deputados do meu partido de discriminação sexual, que resultou maravilhosamente a meu favor. A época era favorável ao heroísmo das vítimas.

Entretanto, a Ministra da Saúde precisava de um assessor de imagem e a Lia, por proposta minha, ficou com o lugar. Havia instruções para integrar um máximo de mulheres em cargos políticos, e a Lia tinha experiência na área da publicidade. Estava à beira do desespero, porque o pai da filha desaparecera há meses, a agência onde ela trabalhava falira e não encontrava maneira de pagar a renda da casa e sustentar a mãe e a filha. Alertei-a sobre todas as perversidades do meio, mas cedo percebi que a Lia não precisava dos meus conselhos. Era uma campeã olímpica da sobrevivência.

Ao cabo de um mês de trabalho, namorava o chefe de gabinete do Primeiro-Ministro. Com tal profissionalismo que se convencia de que aquilo era mesmo amor. No Verão, estreava uma vivenda em Cascais e aparecia na capa de uma revista, com a filha ao colo, exclamando a magnificência da maternidade. Lembrei-me das palavras dela, no almoço em que me comunicara a gravidez: "Vou abortar, claro. Não estou para estragar a minha vida por causa de umas horas de loucura. Só te peço que venhas comigo à clínica." Eu já a acompanhara uma vez, em situação idêntica, quando aquilo que a Lia julgava ser o seu primeiro encontro romântico se transformara numa floresta de lobos famintos. Um colega levara-a de mota ao 2001 e, no fim da noite, juntara-se a mais quatro que a violaram à vez nas matas do Guincho. Depois abandonaram-na à beira da estrada, devidamente avisada de que, se apresentasse queixa, era uma mulher morta. Lia tinha então quinze anos e não apresentou queixa. Os violadores eram meninos ricos, filhos de generais e advogados sonantes. Pagámos o aborto com as poupanças da minha mesada, e nesse Verão não fui acampar. Inscrevi-me num movimento de Mulheres e passei as férias a distribuir folhetos sobre planeamento familiar e atitudes face à violação.

Corália passou as férias, como sempre, a servir cafés numa esplanada da praia. Sentia-se feliz com a farda amarela e branca que a tornava tão bonita como qualquer outra rapariga da sua idade. E juntava dinheiro para o seu futuro radioso.

21. Os teus dedos — poderão estar enroscados no vento, os teus dedos que já não existem? Quando tu existias, o vento era apenas o vento. Cada coisa tinha uma forma exata e uma história de duração. Perdi a dureza que me fazia durar quando te perdi — ou melhor, quando desapareceste e eu me perdi em ti. Troçava do Deus apesar de tudo exato, gordo, barbudo, em que tu te aninhavas, e agora acredito que a carícia dos teus dedos está no vento, a cintilação dos teus olhos negros na água do olhar de uma amiga tresmalhada, nas estrelas ou nos reflexos do sol sobre o rio. Amizade. Desenho o teu riso sobre essa palavra e vejo-te inteira no lugar dela.

Releio os romances que mais amavas, as páginas que sublinhámos juntos. *The end of the affair* de Graham Greene, que encontrei aberto, com a capa esforçada, num banco de avião, há muitos anos, numa viagem a Goa. A rapariga que ficara ao meu lado descobriu alguém conhecido no avião e mudou de lugar, abandonando o livro. O que me pareceu uma gentileza do destino, porque me esquecera de levar um livro para a viagem, e não sou capaz de dormir em aviões.

Nunca tinha lido Graham Greene, nunca mais deixei de o ler. Mas em nenhum outro livro encontrei o deslumbramento intacto deste que me falava de um mundo estranho — o teu mundo, em que a fé se abre num piano de sutis feitiços (tu chamavas-lhes milagres). O teu mundo, um mundo em que o pecado age com um cuidado de maquilhador, transportando o brilho pardo das almas para a temperatura da pele. Um mundo em que o mal, espécie ligeira de vacina, apenas embeleza a febre das paixões humanas — atenuando-lhes o rasto, sublinhando-lhes o risco e o sacrifício. A rapariga saiu do avião sem olhar para trás, guardei o livro para o reler contigo, anos antes de te conhecer.

22. Lia. De *tailleur* preto Chanel, no meu funeral. Presidente do Conselho de Administração da *holding* Portugalideal. Coordenadora do Movimento Nacional de Mulheres em Defesa da Vida. Católica praticante e democrata assumida. Afirmando à imprensa que "embora nem sempre partilhássemos as mesmas ideias, vivemos unidas por uma lealdade inquebrantável". E que, sem mim, "a democracia fica mais pobre".

Vejo-a na noite em que se votava internamente o referendo sobre o aborto. Eu discursava numa sala sufocante. Olhava para aqueles homens alinhados, que tamborilavam os dedos nas cadeiras, ansiosos por saírem dali, impacientes de perderem tanto tempo com um assunto tão fútil como a barriga das mulheres. Fixava-me ao lume dos olhos do Manuel, um dos poucos que pareciam inextinguíveis, até que no meu ouvido direito entrou um silvo fino como uma agulha: "Não percebo para que perdemos tempo a ouvir esta extremista tonta. Tem que se sondar o povo, senão ele crucifica-nos." Era a voz de Lia, à qual se seguiu uma das portentosas gargalhadas de Lia.

Uns dias mais tarde, eu manifestei-me publicamente a favor da lei, contra o referendo e contra a disciplina de voto, e ela chamou-me irresponsável, feminista fossilizada e abortista. Esse foi mais um passo da sua ascensão meteórica no partido. Foi também o último diálogo que tivemos.

22. O teu corpo ainda tão quente — barro, a tua Bíblia diz que agora és barro, essa ideia devia confortar-me mas eu não sou crente. Arranhei a tua mão — se ao menos uma gota de ti pudesse ainda escapar da tua morte para a minha vida, irmanar-nos num pacto de sangue, com a leviandade valente das crianças. O calor que subia ainda da tua pele — não seria o teu desejo do meu sangue? Compreendi finalmente o nosso velho Camilo; quis profanar-te — se é que esse verbo pode dizer a urgência de te romper a pele para a incendiar com a dor da vida, de te ressuscitar com beijos ou atravessar contigo o túnel úmido da morte.

Foi no cinema, lembras-te? *Les parapluies de Cherbourg*, um filme deslumbrantemente *kitsch* — tinha que ser. Entraste tarde, surgiste-me nas últimas golfadas da música de Michel Legrand, já eu estava a instalar-me na delícia das lágrimas. Os filmes trágico-corriqueiros eram a minha purga semestral. Apagava os fusíveis cerebrais, chorava na escuridão, como uma menina, e saía limpo e luzidio. Entraste tarde, caíste, ofegante, na cadeira ao meu lado. Depois disseste-me que foi nesse momento que os nossos olhos se encontraram. Mas eu não me lembro dos teus olhos. Lembro-me, sim, do odor do teu corpo, uma mistura excitante de rosas, canela e sexo. Talvez trouxesses ainda o cheiro de algum dos teus amantes — eras uma verdadeira Torre do Tombo passional, e estavas sempre disposta a ir repescar uns dados esquecidos a uma pasta antiga.

Mas nessa altura eu nem sequer sabia isso. E nunca me aproximara tanto do teu corpo. O teu cheiro surpreendeu-me pela delicadeza e pela névoa erótica. Encostei o meu braço ao teu e comecei a transpirar. Sentia uma vontade violenta de me desmoronar em ti. Não, não era fazer amor. Fazer amor não existe, porra, o amor não se faz. O amor desaba sobre nós já feito, não o controlamos — por isso o sistema se cansa tanto a substituí-lo pelo sexo, coisa gráfica, aparentemente moldável. Também não era foder, fornicar, copular — essas palavras violentas com que tentamos rebentar o amor. Como se fosse possível. Como se o amor não fosse exatamente essa fornicação metafísica que não nos diz respeito — sofremos-lhe apenas os estilhaços, que nos roubam vida e vontade. Eu queria oferecer-te o meu corpo para que o absorvesses no teu. Para que me fizesses desaparecer nos teus ossos. Eu, educado no preceito alimentar de que os rapazes comem as raparigas, depois de uma vida inteira de domínio dos talheres queria agora ser comido por ti. Queria entregar-me nas tuas mãos.

E entreguei-me — terás percebido isso? Deixei de saber quem era. Continuo a precisar de ti para existir. Para dormir. Um dia confessei-te que tinha insónias. Terei chegado a explicar-te que as *Variações Goldberg* de Bach nasceram de um pedido do conde Kaiserling, que lhe solicitara um tratamento para as insónias? E que por isso Bach escreveu as variações de acordo com uma receita que exigia "uma invariabilidade constante da harmonia fundamental"? Conversávamos pela noite dentro em tua casa, tu já mal conseguias manter as pálpebras levantadas. Pedi-te que me deixasses ficar mais um bocadinho, porque me custava entrar em casa sem sono. Pegaste-me na mão

— anda comigo

e levaste-me para a cama. Enroscaste-te em mim e começaste a coçar-me as costas, muito devagar. Dormimos muitas e muitas vezes assim — e nunca, nem por um segundo, pensámos em fazer aquilo a que os inocentes chamam sexo. Falávamos muito disso, sim — desse ato a que as pessoas vão chamando sexo ou amor consoante as conveniências e as circunstâncias. Esse ato que as pessoas vão repetindo até à mais exaustiva solidão. Nós não podíamos prescindir um do outro. Não podíamos entrar no infinito jogo finito do corpo. Derramei sobre a tua vida, por incontáveis noites, os meus breves amores perfeitos, pormenor a pormenor. E tu derramaste sobre a minha as tuas paixões impossíveis, impossíveis de apagar. Desejo-te tanto, ainda.

23. Vejo o vento, atiçando a alma das árvores, empurrando nuvens, lavando o céu — mas não o sinto. Tu encolhes o pescoço no casaco para te defenderes dele. Se ao menos eu pudesse dominá-lo, por um segundo que fosse, dar-lhe a forma dos meus dedos mortos e acariciar-te lentamente esses fios brancos, desordenados. Persigo-te para que o tempo exista. Porque andas, e olhas o céu, e o encontras às vezes negro, ou cintilando como um escuro mar de joias, ou chuvoso, ou ressequido de sol, sei que os dias passam.

Mas sei cada vez menos. De repente, o passo torna-se-te elástico e és o meu primeiro namorado, de rabo de cavalo, procurando constelações novas num firmamento longínquo. Não consigo ver os contornos desse rapaz no tempo do meu amor por ele, de cabelo curto, e sempre vestido de preto. Mas acontece-me uma vertigem instantânea sobre os corpos amados, acontece-me ter-te diante de mim com o olhar, o gesto, o passo de outros que amei de outras maneiras. Ah, se esta vertigem me tivesse sido dada em vida, até onde eu poderia ter ido. Abre um livro, por favor.

Abre-me *The end of the affair* do Graham Greene e lê-me aquela passagem em que os dois amantes se afastam depois do primeiro reencontro. Maurice larga a mão de Sarah e caminha para longe, sem virar a cabeça, como se tudo o que há de importante no mundo estivesse nesse outro lugar, inexistente, para onde os seus passos se dirigem. Mas Sarah tosse, e para combater o som cavo dessa tosse repetida ele tenta imaginar uma melodia que pudesse assobiar, mas não consegue. "*I have no ear for music*", pensa Maurice, penso eu, agora, à beira das lágrimas que rodam por ti no gira-discos compacto. "*People can love without seeing each other, can't they"*, perguntava Sarah, depois de ter desistido de ti para te salvar. Ou de Maurice, é a mesma coisa.

Podemos amar no escuro, sim, podemos amar na luz sonâmbula da ausência, podemos tanto que inventámos Deus. Tu dizias que Deus era o teu personagem de ficção favorito. Mas não querias entender que os personagens de ficção existem tanto como tu. Às vezes, muitas vezes, existem mais do que tu. Lê-me o fim da *Ressurreição* do Tolstoi, diz-me que a Maslova voltou a ser Katiucha, de vestido branco com uma fita azul, entre círios, na noite ardente dessa missa de Páscoa em que Nekliudov a amou na sua inamovível eternidade.

Lê-me os textos dessa Maria Zambrano que eu te ensinei a amar, diz-me que "o coração é o vaso da dor" e entorna o teu sangue no meu coração morto que não consegue morrer. Ainda não aprendeste tudo, demorado amigo. Ainda não aprendeste a matar-me. Os outros arrumaram-me no cemitério luminoso dos telejornais, com loas à minha dignidade. Que a Fama lhes seja leve — cá estarei para lhes perdoar em paz esse minuto de glória. Fica tão bem no écran, a pena dos mortos. Porém, no fim desse breve espaço publicitário a que chamam vida, todos virão aqui parar. O microfone em torno de ti: "Sei que é um momento difícil, mas disseram-me que era um dos seus melhores amigos." Confirmaste: "É por isso mesmo que não falo dela. Continuarei apenas a falar com ela."

23. Morreste sem mãe, sem pai, sem mim. Morreste tão sozinha. Tão cheia de amor. Desabituara-me de ti. A princípio soube-me bem essa ruptura com o hábito. Dependia demasiado dos teus humores, dos teus sonhos, dessa tua ação inesgotável. Cansava-me depender tanto de ti. Cansava-me que fizesses tanto por mim. Cansavam-me os teus cravos vermelhos, as tuas paixões violentas e velozes, a constância do teu tão certo amor por mim. Eu não sabia viver assim. Ninguém sabe viver assim, porque tu morreste.

Morreste depressa, pelo menos? Rezo aos deuses que não conheço para que tenhas morrido assim, depressa. Um anjo eficiente para te fechar os olhos como um sopro, um abrir e fechar de janelas, só.

Esperavas demasiado de mim. Esperavas demasiado da vida. Vivias num sebastianismo de alta rotação que às vezes me exasperava. Ninguém ia melhorar — nem o funcionalismo público, nem a Justiça, nem a paisagem algarvia, nem o meu rosto no espelho. Amavas-me muito pelo que eu não era; querias à força que eu concretizasse os projetos loucos que às vezes tinha. E eu gostava de imaginar coisas que nunca existirão.

A casa da minha mãe. Eu dizia que a amava e visitava-a cada vez menos para não ver o que a casa já não era. Esteve morta cinco dias sem que ninguém se apercebesse — era a Páscoa, as vizinhas pensaram que ela viera visitar-nos, e ninguém lhe telefonou. Só quando os sacos do pão se acumularam na porta a vizinhança deu o alerta. Deixei morrer na solidão a mulher que me trouxe ao mundo. Morreu de repente — são tão fáceis os mortos assim, rápidos, contemporâneos. Estava caída sobre um prato de papa. Já não se dava ao trabalho de cozinhar. A televisão acesa, com o som altíssimo, durante cinco dias, em frente ao seu corpo vergado à morte. Disse-te que já não lhe telefonava há mais de uma semana? Nem eu nem os meus irmãos católicos. Um deles é voluntário de uma dessas organizações de caridade, porque acredita na salvação das almas. Como queres que creia num Deus criador, quando os homens (no sentido de humanidade, miúda, desculpa lá o chauvinismo) se assemelham tanto a computadores com vírus?

"Não sei como podes falar em vender a casa da Mãe", disse-me o Bom Samaritano. Queria, pelo contrário, recuperá-la — mas a isso opus-me eu. A Mãe gostava daquelas paredes rosa manchadas, dos degraus que rangiam, do pingar contínuo da água na banheira de ferro. De tudo o que existia quando éramos crianças. Ninguém a visitava porque a casa dela era o que sempre fora, mas envelhecida — como ela. Envelheceu com a casa — reivindicou o direito ao envelhecimento, como tu dirias, nessa tua fase de harmoniosa correção, em que tudo no mundo se resumia à aceitação dos direitos de cada um. O direito a morrer. O direito à solidão. O direito ao individualismo, desde que bem ordenado.

Um dia, pedi-te que recebesses em tua casa uma amiga francesa que precisava de fugir de Paris para curar um desgosto de amor. Ou para, pelo menos, mudar de cenário. O amor acaba sempre e sobretudo em cenários de papel de lustro que recortamos à nossa medida. Disseste:

— Agora não me dá jeito nenhum.

E eu ouvi um vidro partir-se. Num sítio qualquer do meu corpo. Com um vagar novecentista.

— Agora não me dá jeito nenhum, sabes, tenho que preparar a moção para o congresso.

As lágrimas da Chantal, trocada por uma mulher mais jovem ao fim de vinte anos

— e eu nem conheço essa tua amiga, que disparate. Já não temos vinte anos.

Quando tínhamos vinte anos, os amigos dos nossos amigos eram nossos também. Mas agora era o tempo de ouvir os vidros partirem-se, como lágrimas, pelas rugas interiores do corpo.

— E porque é que tu não desmarcas tu essa tua viagem melómana e consolas a tua amiga? Ora essa.

Fiquei em silêncio, deves ter ouvido o som do último vidro a estalar algures na linha telefónica, e então disseste que se fosse um ou dois dias estava bem. E eu, que já dissera à Chantal que tu ias adorar mostrar-lhe o castelo, a luz sobre o rio, os jardins da Gulbenkian, os painéis misteriosos do Museu de Arte Antiga e as novas Amálias, agarrei-me a essa tua esmola contrariada e disse à Chantal que podia vir. Mas parece-me que foi nessa altura que deixou de me dar jeito telefonar-te. O vapor radioso dos nossos vinte anos esfumara-se. Porque eu inventara outros vinte anos só para ti, sem traições e esquecimentos, sem a minha tão certa morte. Sobreviveria em ti, no permanente campo de batalha da tua memória. Falarias de mim a gerações sucessivas de estudantes, e eu viveria nas tuas histórias quando já nem o pó dos meus ossos se distinguisse.

Colecionavas cartas. Fotografias. Sublinhavas os livros a verde e vermelho. Escrevias nas margens. Não eras de assentimentos fáceis. Dispunhas de um barómetro interior razoavelmente exato na distinção do elogio e da lisonja, da provocação e da ofensa. Perdoavas pouco, e a poucos. A mim mais do que a todos os outros — pelo menos era o que diziam. Havia um princípio básico de cumplicidade entre nós: o horror aos sinais exteriores de ostentação. Eu posso exceder-me na escolha das camisas e dos lenços de seda, mas não sou mais *snob* do que tu quando se trata de multar deslumbramentos desdenhosos. Exultávamos com o desfile dos gulosos saltando de ramo em ramo, urrando um "poça!" de antanho quando se picam num espinho, esquecendo hoje os ídolos de ontem, eternos fãs da notoriedade seguinte, amando os que os desprezam e desdenhando os que lhes querem bem. Ou dos calamitosos, uma fiada de génios adiados pela pequenez do país. Sempre a bradarem que, fosse esta urbe no mínimo Londres e no máximo Nova Iorque, outro sol desceria sobre os seus talentos. Saboreávamos o verdete dos invejosos, o mundo escuro de cunhas e empenhos em que se moviam, trocando promoções e maldizendo a sorte alheia. O que nos ríamos desta fauna de gangolinos.

Agora é a tua ausência que se ri de mim no silêncio da minha casa. Quando tu vivias, podias sempre voltar. Existias em suspenso sobre os dias em que nos afastávamos. Respiravas algures na mesma cidade. Encontrar-nos-íamos no acaso de uma tarde, num recanto de jardim, diante de uma natureza morta da tua Josefa de Óbidos. Às vezes saía à tua procura nos bares que dantes frequentávamos. E voltava para casa com a certeza de que o céu estudaria a hora e a luz precisas desse encontro.

Deixei de atender o telefone. Perdi contigo o vício feminino das conversas longas, da reconstituição de um corpo através da voz. Perdi o hábito de falar — escrevo *e-mails*, contigo nem sequer isso. Fazes-me falta, alguma vez te disse? Leio os Dostoievskis que tu não tiveste tempo de ler, ofereço-te as enxurradas de culpa que me alimentam o sangue numa anestesia alucinada. Foi o destino, esse vígaro ranhoso a que tu chamavas Deus. Estudaste tanta História, tantas e tão científicas formas de quebrar a roda cega do eterno retorno, e aí estás sob a Terra, ausente desta Primavera que ilumina sem ti tudo o que amaste. "Mas ver tudo é não ver nada/ Perder o fio à madrugada/ Com a alma enrolada/ Como um isco em mau anzol./ Nas nuvens vejo desfilar/ Castelos feitos para sonhar/ Caixas de amor para guardar/ Tudo o que já não sei de ti./ E o meu coração escuro/ Recita em dó futuro/ Esse poema tão puro/ Que o tempo pôs em ti."

24. Só tu continuas a falar comigo — as tuas unhas arranhando a pele da minha mão, pensas que não as senti? Estou louca, claro — como pode um corpo morto sentir o que quer que seja? Mas estou tão morta que ninguém pode já dar por esta loucura. Tão morta que já não me ouves e eu posso dizer-te agora que o meu corpo sem corpo brilha de desejo por ti. Aconteceu à luz das velas. Naquela hora pragmática em que a multidão de súbitos sofredores da minha ausência foi confraternizar para um restaurante próximo da igreja e tu ficaste a sós comigo. Arranhaste-me a mão em busca do sangue que eu, pérfida, já fizera secar. Arranhaste-me a mão com as tuas unhas redondas e os dedos de guitarra do mais íntimo dos meus namorados acordaram nos teus. Na pele onde eu já não moro iluminaram-se a gelo todas as horas do prazer mortal. Acariciaste as sobras da minha cara desaparecida e o branco dos beijos que por tantas noites a incendiaram vibrou por entre as velas.

Ao desejo dos mortos pelos vivos, chama-se também necrofilia? À luz das velas, o teu rosto ateado sobre os meus restos. Precisei de morrer para te desejar, precisei de morrer para ver a cor do desejo, que é branca, branca e irreparável, como tu, como nós dois. Como nós. Acariciavas-me ainda quando a Isabel entrou e sussurrou à Luísa, de quem nunca gostou: "Olha. Ele está igual a ela. Ou ela igual a ele. Como os casais velhos, ou os cães obedientes." Cadelas. Não são de confiança, mas sabem ver mesmo aquilo que não sabem. Por isso as defendi tanto. Por isso fiquei tão farta delas.

Agora não sei como libertar-me da névoa em que os teus olhos me guardam. Chora-me e esquece-me como os outros, meu querido. Chora-me e larga-me. Já passou muito tempo — vejo-o nas tuas rugas, na forma como o teu corpo emagrece dançando sobre a minha memória. Na forma como olhas essa rapariga leve das fotografias que fui eu. Morri-te, por isso me olhas como só daquela primeira vez.

24. Pensavas que me enganavas, quando mentias sobre os teus feitos e glória. O sorriso omnisciente com que eu recebia as novas dos teus desenganos fazia-te sofrer. Disseste-me que te cansaras do teu último amante. Não querias ver repetida no meu rosto a verdade amarga, inversa: fora ele quem se cansara de ti, mais uma vez. O biltre. Enganavas-te a ti, menina pequena.

Enganavas-te tanto sobre as pessoas. Desenhavas tudo a preto e branco. Uma atitude negativa, uma frase infeliz — e lá se ia aquele ser para o caixote do lixo. Algumas das mulheres que me ofereceste não te mereciam. Mal se espreguiçavam nos meus lençóis, punham a língua a trabalhar em prol da tua diminuição. Que tinhas a mania das grandezas. Que te julgavas o suprassumo das virtudes. Que não se te podia confiar um segredo. Que não te calavas. À medida que as sentia contorcerem-se, de olhos fixos e línguas como setas, em direção à beleza do meu amor por ti, perdia todo o interesse sexual por elas.

A Isabel chegou ao ponto de criticar a tua forma de vestir, que declarou "pindérica e desimaginativa". Uma mulher que era incapaz de se vestir sem uma revista de moda colada no espelho. Uma mulher a quem tu, tantas vezes, emprestaste dinheiro a fundo perdido. Uma mulher por quem tu, que não gostavas de pedir nada a ninguém, andaste a pedir emprego. E conseguiste. Pois ela dizia-me que só se mantinha naquele posto de revisora editorial para te fazer o favor e ajudar os teus amigos da editora, porque sabia como era difícil encontrar gente qualificada para lugares de tanta responsabilidade. E o que eu tive que te ouvir, Sininho querida, por fugir destas harpias eméritas. De que teria valido contar-te estas coisas? Encheria de névoa esses teus olhos de que necessitava como faróis. Procurava, sem grande sucesso, afastar-te delas. Creio que me querias mal por isso.

Em compensação, a Lia que tanto te ofendeu estava mais próxima de ti do que foste capaz de ver. Quando te assaltaram a casa e te levaram tudo — aparelhagem, televisão, frigorífico, joias, dinheiro — ela telefonou-me imediatamente para me entregar uma televisão, um aparelho de CD e um colar de pérolas que eu devia oferecer-te como presentes meus. Inicialmente recusei este pedido, que me deixava numa posição algo embaraçosa — mas ela insistiu muito, alegando que tu jamais aceitarias qualquer oferta dela (o que era verdade) e que era o mínimo que ela podia fazer, depois de tudo o que tu fizeras por ela: "Não consideres este pedido como uma dádiva minha. Considera-o como uma simples lembrança da minha filha para com a madrinha dela, à qual ela deve, em primeiro lugar, a vida." Pareceu-me que, postas assim as coisas na sua verdade mais forte, não podia recusar. Para a Lia, que enriquecia rapidamente, tratava-se apenas de se desfazer de algum do muito dinheiro que agora possuía. Assim, disse-te que, por coincidência, alguns imbróglios da minha eterna e complicada herança familiar se haviam desatado, e que tinha o maior gosto em te fazer aquele pequeno presente.

Era também da Lia aquele cheque mensal que recebias, anonimamente. As minhas artes de paquete-arcanjo fizeram-te crer saído de uma conta subitamente descoberta dos teus defuntos pais. Dei-me inclusivamente o trabalho de contatar os teus tios para armar com eles e com a Lia essa aldrabice afetuosa.

Sim, sei que ficarias furiosa, ainda hoje, se soubesses de tudo isto. Na balança instável do teu coração, só o orgulho pesava mais do que a generosidade. Um orgulho de menina órfã, criada pela gentileza de uns tios, de resto demasiado redundantes no sublinhar dessa gentileza.

Lia era culpada e viveu sempre perseguida pelo teu fantasma retaliador. Se o dinheiro podia atenuar-lhe as dores da ferida insanável dessa culpa, quem era eu para lhe negar esse alívio? Há tão pouca gente disponível para o martírio da culpa, hoje em dia. A maioria das pessoas prescinde dela, na esperança de prolongar juventude, elegância e vida. Depois aborrecem-se extraordinariamente dessa vida espetacular que lhes sorri ao espelho — mas já é tarde para voltar a recuperá-la.

25. Durante muitos meses apenas nos víamos. Não nos olhávamos. Até que veio ter conosco aquele momento em que me sentei ao teu lado no cinema. Era um musical francês que já quase nunca passava. Chamava-se *Les parapluies de Cherbourg*, e começava com um ensaio cromático sobre a melancolia dos amores mortos. O teu rosto girou em direção do meu na luz intermitente do genérico. A claridade dos teus olhos arrastou-me como uma onda. O teu braço esquerdo colou-se lentamente ao meu, fotograma a fotograma.

Muitas e muitas vezes, depois, estivemos de mão dada no cinema, a minha cabeça no teu ombro, entre risos e segredinhos, como no liceu. Mas nunca voltámos a experimentar aquele puro gozo da latência. Assim que peguei na tua mão, percebi que nunca atravessaríamos o traiçoeiro rio do sexo. As nossas temperaturas eram excessivamente compatíveis. Com o grande amante da minha vida vivi o inverso: desejei-o a partir do momento em que os seus dedos afloraram os meus.

Mas não tenho dúvidas de que nos apaixonámos naquele momento, no cinema. E voltámos a ficar apaixonados nessa noite em que eu fiquei morta, à luz das velas, pronta para o banquete da terra, à mercê da compaixão e dos discursos sobre os Grandes Valores da Vida.

25. A culpa é o que sobra dos enterros — o verdadeiro rosto dos mortos, aquele que alastra, invadindo-nos. Deus é uma conspiração de mortos contra a amnésia dos vivos. O teu Deus passeia o Seu corpo gordo sobre os meus neurónios, perguntando-me: "Porque é que não voltaste a telefonar-lhe, filho da puta?" (Deus é um especialista em vernáculo bélico, como eu já suspeitava.) Mas porra. Eu perguntava-te: "O que tens feito?" e tu desfiavas-me o *Diário da República*. Da última vez falaste-me a meio da noite, palavras desconexas sobre a morte de um bebé que nem conhecias. E eu, que te conhecia tão bem, abandonei-te.

Ganhaste, Sininho: o Deus da Culpa agarrou-se-me aos ossos. Mas não era esta a vitória que querias sobre mim, pois não? O prazer da culpa, esse prazer gastronómico de demorar no corpo a dor que fomos capazes de causar. Ou o prazer mais rápido de sacudir a culpa sobre o corpo de outro. A culpa precisa sempre de corpo. Agora, pela primeira vez, preciso do teu corpo.

26. Os valores. Como se pudessem alguma coisa por alguém. Há pessoas cujo campo anímico é a conformidade, e outras que se inscrevem, desde a nascença, no campo da mudança. Essas formas de energia anímica determinam muito mais os percursos de cada um do que as elaboradas construções mentais a que chamamos valores.

A tia que me criou, por exemplo. O seu Deus era o altruísmo, e nesse valor supremo me educou. Certo dia de Verão estávamos numa esplanada, cheias de sede, suspirando por limonadas. Havia um só empregado nessa vasta esplanada e circulava sempre do lado oposto à nossa mesa. Ao fim de meia hora de espera, propus-me ir ao balcão pedir os nossos refrescos. O empregado de balcão pediu-me desculpa pelo atraso e disse-me que as limonadas seguiriam imediatamente para a mesa. A minha tia ralhou-me: "Se não estamos com pressa, porque tomaste uma atitude dessas? Eu nunca fiz isso, em toda a minha vida." Entretanto chegaram as limonadas, e eu respondi-lhe, com um sorriso irritado: "Se não quiser beber já a sua, deixe que eu bebo-a." E ela retorquiu: "Não te mereço isso."

A propósito de um simples par de limonadas, ergueu-se uma discussão cujo tema real era o entendimento do mundo. Para a minha tia, as regras estabelecidas eram inquestionáveis e a atitude individual devia ser de acatamento silencioso. O mundo ideal seria aquele em que todos se conformassem ao estabelecido, fazendo o mínimo de ruído possível. Creio que esta acomodação à vida fora reforçada por uma infância vivida na pobreza, guiada por uma honra orgulhosa cujo primeiro mandamento seria: "Nunca protestes num estabelecimento comercial, para que não te julguem inferior aos outros. Até porque os empregados que te servem são mais pobres do que tu, e com os pobres há que agir com magnanimidade."

O outro pilar desta visão do mundo seria o da contabilidade espiritual: o que se dá fica apontado no papel manteiga da alma alheia, para que, na primeira ocasião, seja devidamente retribuído. Por conseguinte, numa qualquer ação concreta, por mínima que seja, os números da dívida acumulada tornam-se sutilmente cintilantes. "Eu não te mereço isso", quer dizer, tu tens que calar a eventual razão que neste momento me supere, em nome do muito que me deves. Nesta gestão de contacorrente, não há lugar para o imprevisível do humor nem para o enigma do amor.

Altruísmo, que significa esta palavra? Pode recobrir a adequação organizada às injustiças ou o espírito furioso da revolução.

26. Mais uma história de horror — Deus estaria de *headphones* na praia, enquanto numas masmorras do Chile uma criança era torturada diante da mãe? Responde-me lá a esta, Sininho. Não me ouves? Sinto-te distante. Distante e furiosa. Sinto-te, mas sei que não te sinto. Soçobro apenas ao meu cérebro cansado pelo barulho contínuo da televisão. Devia baixar o som — onde se enfiou o comando? Talvez o silêncio magoe mais ainda. Música, sim — na paleta azul de Wim Mertens estaria melhor. Mas para estar melhor teria que me mexer primeiro, e essa ideia esgota-me. Não, Sininho, já não podes obrigar-me a mexer. Não posso fazer nada para alterar o espetáculo do sofrimento, o buraco que ficou no lugar do teu riso. Sabes que começo a esquecer o som do teu riso?

27. A verdade. Outro valor magno circulando como um sumptuoso iate vazio. Quantas vezes te menti para ser fiel à verdade do meu amor por ti. Ou do teu amor por mim, o que vai dar ao mesmo.

O último dos meus namorados, não foi por me ter cansado dele que o deixei. Foi porque se me esgotara a juventude, essa capacidade de acreditar absolutamente em tudo de novo a partir das cinzas. Ele apaixonou-se mesmo por aquela jovem assistente de que tu suspeitavas. E ela alimentou-lhe a paixão. Queridíssimo. Eu tinha que ser forte para que tu não te preocupasses comigo. Eu tinha que ser forte para ser digna de ti — para te enervar, para te desconcertar, para merecer o teu amor por mim. Porque não lhe havemos de chamar amor?

Não importa o que se ama. Importa a matéria desse amor. As sucessivas camadas de vida que se atiram para dentro desse amor. As palavras são só um princípio — nem sequer o princípio. Porque no amor os princípios, os meios, os fins são apenas fragmentos de uma história que continua para lá dela, antes e depois do sangue breve de uma vida. Tudo serve a essa obsessão de verdade a que chamamos amor. O sujo, a luz, o áspero, o macio, a falha, a persistência.

27. Anjo que tardas, minha lotaria, dá-me as tuas asas que eu dou-te alegria. Anjo sem casa nem sabedoria, balda-te ao céu, faz-me companhia. Anjo fugido, de cabeça esguia, pousa no meu colo e diz-me "bom dia". Anjo enganado, cor da minha vida, volta para o meu lado ou dá-me uma saída. Anjo do escuro, pássaro sem medo, leva as minhas penas, dá-me o teu segredo.

28. A matéria do amor — no caso de Lia, pérolas, uma televisão, dinheiro. Matérias pelas quais ela teve que lutar, e que me ofereceu, envergonhadamente, através de ti. Só agora o vejo. No quarto da filha de Lia há uma fotografia minha, e só agora o sei. Ela esquecer-me-á com mais eficiência do que tu. Ou antes: evocar-me-á com a deferência sincera e deturpada que se vota aos heróis fundadores. Não precisa de mim para respirar, como tu. Mas precisa de saber que eu existi, precisa que a filha não esqueça essa madrinha de que já não se lembra. E isso é ainda amor.

Quando me assaltaram a casa, ela procurou-te, amigo tortuoso, para através de ti me oferecer consolo e alívio. Com uma televisão, umas pérolas, uns dinheiros. Como podia — e podia pouco, porque eu já não a deixava sequer aproximar-se de mim. Está tudo escrito no diário de pormenores em que ela guarda a memória que não lhe serve na vida.

Meu Deus, como pode uma pessoa pretender existir em Ti e ser tão cega para o amor dos outros? Deste-me liberdade para julgar por mim, eu sei — e eu fiz dessa liberdade uma prisão, incapaz de sair do aquário doméstico da minha visão do amor. Lia, a corrupta, a carreirista, sabe do amor, do transcendente perdão que esculpe o amor. Entre a memória e o afeto, não hesita em escolher o afeto. Sobrou em mim o baldio do ressentimento, este deserto árido, longe de céu e terra, de onde lhe grito um perdão que ela já não vai ouvir, mesmo porque nunca precisou dele. Lia já de há muito me trazia perdoada.

28. Tantos homens te mataram antes de morreres — pelo menos não saíste da vida sem a tua dose de sofrimento eufórico, aquilo a que chamavas felicidade. Eu punha defeitos em todos para que tu continuasses disponível para mim. Não era ciúme; achava graça aos teus dilaceramentos passionais, e nem um limo da minha alma se movia ao imaginar-te nos braços deles. Mas não me daria jeito nenhum ter que aturar em permanência um desses homens-mistério que te atraíam, por muito mudos que os adivinhasse. Desagradava-me passar a ser o teu pau de cabeleira. O máximo que estava disposto a conceder, no tocante a coabitações tripartidas, era um gato.

Tiveste durante uns tempos um gato extraordinário: grande, branco e de uma arrogância imperial. Quando algum ser humano se aproximava — incluindo tu — o gato erguia o rabo, virava costas e afastava-se, num passo lento e determinado. Não permitia qualquer tipo de mimo, assanhava-se se alguém pretendesse passar-lhe a mão no pelo. Da mesma forma, recusava-se a dormir na cozinha — dormia ao teu lado, numa almofada posta por ele próprio à tua cabeceira. Mas ai de ti se tentasses fazer-lhe uma festa. Eu simpatizava muito com a personalidade solitária deste gato — das várias vezes que tentaste enfiá-lo num cesto para o levares para a nossa casa de fim de semana, o gato arranhou-te tanto que acabaste por desistir.

Lembro-me que numa ocasião desejei que o gato morresse: tu estavas a acabar de fazer uma canja, o perfume dos miúdos de galinha e da hortelã aquecia já toda a casa. Conversávamos na cozinha, ao lado da panela, enquanto o gato nos observava, com os seus olhos de um azul polar, imóvel sobre o frigorífico como um objeto de louça. Uma vizinha tua veio bater à porta, tu abriste. A mulher entrou (vinha buscar uma peça de roupa que caíra para o teu estendal), o gato assustou-se e mergulhou diretamente na panela da sopa.

Tu riste-te durante uma hora inteira, depois de despejares gato e canja no lava-louça, e de tentares arrefecer e acalmar o bicho. De cinco em cinco minutos repetias: "Estou rodeada de estetas por todos os lados. Até o gato, louvado seja Deus", e depois rias-te de novo. De fato, aquela tua vizinha parecia a encarnação da bruxa má da Branca de Neve. Até na voz. Perguntava: "Posso tirar uma roupinha que me caiu no seu estendal?", com a voz balida com que a famosa bruxa oferecia uma maçãzinha. Mas os parâmetros estéticos do teu gato condenaram-me a um jantar de salsichas com ovos, em vez da tua canja, que era das poucas, senão a única, qualificação culinária que possuías.

Não sei se foi o trauma da canja que fez com que esse teu gato incomunicante se escapulisse um dia pelas escadas quando foste pôr o lixo na rua. Nunca mais voltou, e nunca mais quiseste outro. Dizias que não encontrarias mais nenhum gato assim. A Patanisca ainda tentou oferecer-te um par de gatinhos siameses, tão lindos como meigos, que tu classificaste imediatamente como "moles e peganhentos" e declinaste. Cingiste-te a partir de então aos homens. Escolhidos pelos critérios de distância e ensimesmamento que aplicavas aos gatos — louvado seja Deus.

29. Quis que te esquecesses de mim. Eu sei que não foi bem assim, mas foi assim que o senti violentamente quando o telefone deixou de tocar, quando essa voz que agora soluça no forro daquilo que fui se tornou coreografada. Eu perguntava-te: "O que fizeste ontem?" e tu davas três piruetas e quatro passos atrás, elegantérrimo. Maldito. Trocaste-me por alguém, um entusiasmo novo, assim é o amor. Fiquei em ti mas deixaste de precisar de mim, e por isso precisei ainda mais de ti.

Tantas vezes que eu já te esquecera — mas essas não contavam. Meti-me na cama, chorei uma semana sem parar. Depois o meu namorado acusou-me de o ter "descurado". Ninguém descura ninguém, nada passa e nada fica, é apenas a ilusão do tempo. É ainda o meu amor que te acende o rosto no próximo deslumbramento, como foi o teu primeiro amor de infância, os teus casamentos amachucados em bolsos de casacos velhos que compuseram as velas do nosso tão platónico e carnal encontro. Nem a carne é sexo, nem o sexo é tão eficaz como se apregoa, tu sabes. O sexo arquiva-se, não se esquece, como o amor. Tu esqueceste-me — já me tinhas dentro da pele. Tu esqueceste-me como um bebé se esquece da mãe. Ou mesmo como uma mãe se esquece de um bebé. Falei-te pela última vez durante uma longa insónia nascida da tortura mortal de um bebé esquecido pela mãe atrás de uma porta. Perdoa o primarismo — a vida é muito primária. A morte, acredita, ainda mais — certeza, sombra, solidão.

O meu namorado apaixonou-se por outra porque eu o descurei, apegada ao teu abandono? Causas e consequências, comodidades artificiais, sofás com que mobilamos o corredor ventoso da vida — falso corredor, ainda ele, tapumes em equilíbrio sobre um precipício imóvel. Já caí no precipício, meu querido, já nada me vai acontecer. "Do chão não passas", como me dizia o professor de ginástica, quando eu tremia diante do plinto. E é verdade — sobretudo porque não há chão. Já nada me vai acontecer, por isso sei agora que nunca me aconteceu nada — de que acontecimentos é que verdadeiramente nos lembramos?

Se não te esquecesses tanto, nunca te terias lembrado de gostar de mim. A maioria das pessoas seleciona as recordações para as usar como boias: aqui fui feliz, é aqui que vou ficar, parado no meio do imenso e ignoto mar. Ou então: aqui fui infeliz, e daqui não quero passar. Distinguem-se assim, para uso quotidiano, otimistas e pessimistas — recordadores profissionais.

Quantos amigos tiveste de esquecer, incorporar na tua pele, para chegares ao amor de mim? Quantas palavras tiveste de esquecer para que pudesses dizer-mas pela primeira vez? Quantas pessoas serás ainda capaz de amar melhor do que nós os dois juntos alguma vez amámos, por amor de nós?

Há um exercício nos sentimentos que não pode ser levado até ao fim. Um lugar onde a eternidade se instala e a novidade das vitórias desaparece. Um lugar familiar num cinema de *reprise*, que já só pode existir depois de morto — como recordação radiosa. Nós já tínhamos estado nesse lugar. Nós já éramos só luz, estrelas e, como estrelas, mortos.

29. Não consigo descrever a falta que me fazes. O teu amigo Pascoal disse-me que devia escrever tudo o que recordasse de ti. Mesmo as coisas insignificantes. O insignificante é fácil — é aquilo que não se esquece. A forma como tu procuravas todas as poças de água, e chapinhavas como uma criança. O teu encantamento pela chuva, pelas lareiras, pelas ondas violentas e o vento que te fazia rodopiar, nos dias de Inverno. O barulho do teu isqueiro, que me servia de despertador — quando fumavas, a primeira coisa que fazias, ao acordar, era acender um cigarro. Eu implicava contigo, porque não gostava de fumo nos quartos e porque efetivamente acordava com o teu isqueiro, do lado de lá da parede — tão finas eram as paredes e tão intenso o silêncio, nessa nossa morada de paz. Sobretudo, implicava contigo porque me preocupava com a tua saúde. Em vão, bem sei — afinal morreste com a saúde intacta.

O insignificante é fácil, na sua litania repetitiva. O Pascoal escreveu-o para ti, a canção sobre *A Sombra das Nuvens no Mar* de que tu gostavas tanto. Sobra a porra do significante — a porra do paquidérmico significante, que só nos romances se pode captar. Nem que seja por intermitências.

Tu esfumaste-te, já não posso ficcionar-te. És como uma nuvem que me embrulha — não vejo nada para além de ti, nem para dentro de ti. E o que vejo para dentro de mim, não sei que faça disso — matéria descoroçoada, matéria de tristeza e remorso.

Talvez pudesse partir desta névoa para um ensaio sobre a fragilidade da vida e a cegueira das ambições — mas isso não seríamos nós. Além de que herdei de ti um puro prazer da vida que se esgota numa só página. Prefiro esquecer, esquecer-te até se preciso for, para viver como tu vivias, apreciando cada momento — sobretudo os dolorosos, pela lucidez que trazem como bónus — desta tão precária maravilha a que chamamos existência.

Tantas vezes te aconselhei as virtudes do silêncio. Queria calar-te para te proteger, sim. Há poucas pessoas apetrechadas para a verdade — mesmo nós, quantas vezes não fechámos a chave umas verdadezitas mais cortantes para não nos magoarmos? Creio que me fazes — scchiuuuu! — assim, com um vagar de embalo, sempre que a voz da minha consciência (seja lá isso o que for) sobe o tom para me acusar pelo que não te dei.

Creio sem crer, como um condenado. Afinal de contas, não tenho nada a perder. Mesmo que os anjos não existam, as asas com que te vejo, sentada na beira da minha cama, do cume enlouquecido da minha insónia, ficam-te melhor do que todas as tuas *toilettes* de vida. Esforço a imaginação, estendo-a até aos teus dedos, mas não consigo mais do que um ligeiro roçagar de asas. São os lençóis que agito, bem sei — mas não me concederás a graça de transformar a fímbria do meu lençol na ponta dos teus dedos?

30. Ouve. Estão a matar uma criança ao teu lado. Ouve-me, por favor. OUVE-ME. Tu vês na televisão uma reportagem sobre os crimes de Pinochet. Horrorizas-te com a história daquela menina de quatro anos torturada dias a fio, diante da mãe, nas masmorras chilenas. Mas é só o lado exterior da tua alma que está horrorizado — tu sabes que não havia nada que pudesses ter feito.

Consolas-te na ideia de que vives do lado do bem: pagas os teus impostos, ajudas quem precisa, dispuseste-te mesmo a prejudicar a tua carreira a favor de uns vidreiros desvalidos e da honra da tua família. E até dás aulas gratuitas aos excedentários do sucesso, aos que roubam e matam e se drogam e são presos porque não têm dinheiro para pagar a liberdade. Chamavas-me utópica porque pretendia reordenar o mundo inteiro. Mas eu não te via assim — queria-te pequenino e contente, para me confortar na ideia de ser melhor do que tu.

Tu sabes que não é verdade que nada mude. O mundo não recua de todas as vezes que avança, a caminho de uma ordem caótica imutável. Há uma diferença numa morte a menos. Baixa a televisão — ao teu lado há uma criança de dois anos que grita por socorro, ainda antes de saber pedir socorro. E eu não posso fazer nada — eu sou nada. Mas tu podes, filho da mãe. Levanta-te desse cadeirão, desliga a televisão, por favor, e vai lá. Faz isso por mim.

O pai da menina atira-a contra a parede, e ela repete: "Eu quéo i p'avó." O irmão da menina está debaixo da cama, escondido, a chorar baixinho. Tem cinco anos. O pai tira o cinto e chicoteia a menina, primeiro sobre a fralda e depois nas costas, na barriga, nas pernas pequenas e redondas. Segura a menina com a outra mão, para que ela não fuja, e ela diz: "eu quéo i p'avó." Ele bate-lhe mais. Atira-a contra a parede e insulta-a. O choro da menina já quase não se ouve, e tu não sabes de nada. Ninguém sabe de nada, e a menina está a morrer. Mas morre devagar. Repete que quer ir para a avó, enquanto repete esta frase a avó existe e talvez o pai que a pontapeia ebriamente desapareça no ar, como nos filmes que ela vê em casa da avó.

A mãe da menina ainda não veio do trabalho, faz as limpezas à noite num Ministério. O pai só parará de bater quando a menina se calar. O pai está a bater na menina há muito tempo, não sei as horas mas sei que o tempo voltou a existir agora.

Dizemos que morremos quando queremos, esta teoria deixava-me fora de mim enquanto eu era viva — eu nunca quis morrer, os meus pais nunca quiseram morrer, nem a rapariga que neste instante para o automóvel sobre a Ponte 25 de Abril e se atira para o cimento negro do rio quer morrer — quer apenas parar de viver, não é a mesma coisa.

Levanta-te, cabrão. Baixa o som dessa cuspideira de imagens que te impede de ver e ouvir. Salva a menina, que quer ir para a avó onde moram a Branca de Neve e os Sete Anões. Salva-a do monstro que lhe deu vida e que amanhã de manhã vai ao hospital tentar convencer os médicos de que a menina caiu, durante a noite.

30. Vem pelo menos provar uma das lágrimas que choro. Por ti, por mim, que importa? Tantas vezes sequei as tuas lágrimas, caraças, arranja lá maneira de trazer para o meu rosto o que sobra das tuas mãos — azuis, geladas, apodrecidas, pensas que me ralo?

31. Uma criança demora a morrer. Porque demora tanto a morrer uma criança, meu Senhor?

— Já vai passar — repete o irmão, no escuro, beijando-a, bebendo-lhe o sangue.

— Já vai passar — repete o irmão, com cinco anos e uma fé lisa no poder curativo das palavras.

A criança geme baixinho, já percebeu que a avó não volta, que a casa dos anões é muito longe e eles não a ouvem, já percebeu que as palavras do irmão vão ficar sozinhas com ele. Já percebeu tudo, porque está a morrer.

— Todos estamos a morrer — dizias tu. Mas as crianças morrem mais devagar, abandonadas pelas fadas e pelos príncipes valentes, no negrume de uma floresta enlouquecida.

Há uma pacata esquadra de polícia na esquina da rua — três casas adiante desta. Em frente à janela do quarto escuro onde esta menina morre, há uma janela iluminada atrás da qual uma criança brinca com um gato, enquanto a avó faz renda e chora, desvanecida, diante da telenovela. Escolheste o Bairro Alto por causa deste ambiente de aldeia: andorinhas nos beirais, sardinheiras nas janelas, o Portugal doce a que te habituaras na escola primária do salazarismo. Depois rejeitaste essa mansidão, chamaste-lhe mediocridade. E depois tiveste saudade das janelas com tabuinhas, das tascas do fado, das velhas eternas à janela — o bom povo português.

Porque é que esta morte é pior do que a minha morte?

— Já vai passar, nunca vai passar, não te importes, todas as noites são rasgadas pela violência, em algum lugar, desde o princípio ao fim e ao recomeço da História.

31. Desde que tu morreste, a morte ronda-me como uma namorada obsessiva. Daquelas que fazem gala em nos estragar a vida, semeando desastres por todos os espaços que não lhes pertencem, com a turva esperança de que um dia compreendamos que a nossa paz depende dela. Não fui capaz de evitar a tua morte.

Ontem o meu vizinho do lado matou a filha de dois anos e, uma vez mais, eu não me apercebi do que se passava. Não soube salvar uma criança que gritava do outro lado da parede — porque tinha o som da televisão demasiado alto. Se não fosse a televisão seria um disco, a rádio, qualquer coisa que enchesse a casa de música ou palavras. É a primeira coisa que faço quando entro em casa: ligar o som, qualquer que ele seja. Sou o vizinho ideal para um criminoso. O álibi perfeito. O carrasco sorridente que até ontem morava ao meu lado podia espancar e violar a filha, as filhas de todos os pais do bairro, com a cumplicidade protetora do meu Bach ou dos noticiários.

Para onde foi a vida futura dessa criança? Como crescerão sem ela os amigos que não teve, os amores que não conheceu, os projetos particulares do seu cérebro irrepetível? Onde moram os sonhos que não chegaram a nascer? Perguntas que abandonara depois da guerra, perguntas que nos acodem, debaixo do fogo de todas as guerras, quando assistimos ao voo picado da morte sobre corpos carregados de vida potencial.

Lembro-me de ficar deitado no capim, fixando o majestoso céu africano e imaginando que cada estrela condensava a energia de uma vida por gastar, e que um dia as estrelas deixariam de caber na noite e voltariam a derramar-se sobre a terra numa humanidade mais perfeita do que a que conhecemos.

Nunca acreditei em nenhuma espécie de Deus — até porque, se acreditasse, teria de Lhe pedir contas, o que significa que cortaria imediatamente relações com Ele. Mas acreditava intensamente no talento ontológico da espécie humana. A guerra ensinou-me também, ou sobretudo, isso: que o homem (no sentido de humanidade, claro, contigo é sempre necessário abrir este parêntesis) é o único animal capaz de morrer para salvar um estranho. Assisti a desfiles reais de coragem, generosidade e heroísmo, daqueles que damos a ler às crianças com o leite da infância. Tive a sorte de perceber que essas histórias não eram invenções piedosas. Por isso pude partilhar contigo tantos deslumbramentos, tantas raivas, essa fé oscilante e arrebatada em que consiste a alegria do mundo.

32. As noites mais puras. As noites em que amei o maior dos meus amores, aquele que nunca foi meu, aquele a quem nunca pertenci porque apenas me entreguei.

— Tomai e comei, este é o meu corpo, aquele de quem sou ainda, morta e anónima, ou nem isso, apenas apodrecida.

Nesse amor apodreci, meu querido, é no amor verdadeiro que apodrecemos, ignorantes, descarnados, despojados de acontecimentos e sonhos, levitando como pó de ossos. Desse amor não regressei nem regresso, não o procuro agora, meu querido, porque sei que estou no abraço com que ele aperta a sua filha única e tardia, sei que estou no sexo — tão sexual, tão triste — que ele faz com a mulher que escolheu para a vida. Sei que estou nele como um rasto luminoso de morte, e não o quero ver em vida, porque a vida dele nunca teve nada a ver comigo. Disseste-me um dia: "Esse homem está tão morto que te mata" — mas eu é que estava morta, eu morria aceleradamente, lenha gananciosa, nessa ânsia de aquecer o mundo mais depressa do que todos os fogos.

Ele retardava-me a combustão. Era capaz de passar uma noite inteira a beijar-me um só dedo, o mais pequeno. Depois de uma tarde inteira a conversar lentamente, saboreando histórias antigas e alheias. Dizia que quem falava muito de si gastava-se mais depressa. E então eu comecei a gastá-lo. Gastei-o tanto que, depois de mim, ele começou a procurar uma vida. Uma história em que pudesse travar a nossa não história. Quando fazíamos amor, não era o tempo que parava. Nós é que já estávamos mortos, infinitamente mortos, boiando um dentro do outro num azul sem céu nem gravidade.

Ele fugia de mim e voltava a procurar-me. Eu fugia dele e chamava-o. Ele nunca me chamava — fazia-se encontrado comigo. Despedaçava-me as palavras, uma a uma. Eu já só falava para que ele me destruísse, letra a letra, e o seu riso animal me levasse para longe dos homens. Porque ele ria-se como um gato — o gato de Alice, sorriso sem onde. Sorriso de quem nunca foi criança e por isso não sai desse lugar da infância, que é o lugar da morte, o lugar sem ontem nem amanhã.

Ele está em mim e na morte da menina que o pai matou, está em mim e na morte que a filha dele pinta sobre cartolina branca — aqui é uma casa, aqui um cão, aqui um banco de jardim. Está em mim e no filho que me matou. Aqui fomos felizes, aqui soubemos que já nada mais podíamos ser. Fui-te amando com as sobras dessa felicidade, leve amigo, que juntava como roupas antigas, recados de liceu, bilhetes de cinema amarelecidos.

32. Azul, gelado, coberto por um sol distante, este dia em que volto ao teu cemitério. É isto o frio: a carícia dos mortos que muito — e quase sempre mal — amámos. Não se consegue amar completamente senão na memória. As histórias que partilhámos com as pessoas amadas renascem em câmara lenta no bafo do frio. Estrelas de gelo desfeitas ao toque dos dedos. Tu nunca tinhas frio e achavas que tiritar era um sintoma de fraqueza espiritual. Desprezavas casacos e abafos. Nunca estiveste doente. Gostavas de mergulhar em ondas frias, a tua voz soava com a força do próprio mar. Perto da tua campa ainda fresca, o epitáfio de um homem que devia ser eu. "Aqui jaz alguém que nunca quis morrer, que teve a sorte de nascer homem, não Deus."

33. Só na enumeração das coisas mortas não se morre. A nossa morta amizade, vê tu — fotografia sem mancha. Sobrou dela tudo o que não dissemos. Tudo o que nos afastou, o tempo em que já não existíamos — nós. E isso não morre — o que não existiu.

A juventude desta menina não existiu. O sangue coagulou, o corpo arrefeceu, roxo como o mármore, preso nos sonhos antessonhados. Esta menina que ontem, ao teu lado, chorava pela avó, só agora a descobres, no museu de horrores do telejornal, exposta para o prazer póstumo dos bons sentimentos. Em pequena, ensinaram-me que estes casos trágicos eram a exceção, a incontrolável exceção. Depois fui-me habituando a inscrevê-los na ordem, a imutável ordem.

Assassinam-se demasiadas crianças todos os dias para que possamos fazer algo por isso. O que se escreve, o que se julga, o que se faz — tudo isso corre numa pista paralela, a pista eficiente dos fazedores de molduras. Na televisão, emolduram a morte da menina a noite inteira — um batalhão de sociólogos, psicólogos, terapeutas experientes para o fazer. Explicam-na, e ficam mais sossegados. Pensam que as avós das meninas que ainda não acabaram de morrer ficam mais sossegadas com estas explicações. No fundo do precipício das explicações, a menina continua morta, violentamente morta, de uma morte que — como o amor-perfeito — jamais parará de acontecer, jamais parará de contagiar o medo dos vivos, a sua solidão, a sua infinita capacidade de matar devagar.

A diferença entre a vida e a morte pode ser uma televisão acesa, com o som demasiado alto, para tapar outra morte. Se eu não tivesse morrido, tu não subirias tanto o som da televisão. E terias ouvido os gritos da criança, que não teria morrido.

33. Ofereço-te a minha jarra veneziana — foi a pensar em ti que a comprei, mas depois nunca calhou. Naquela época pareceu-me que não se adequava à tua casa tão rústica, que não condizia com os teus móveis estica-encolhe. Gostava de te oferecer coisas. Ou melhor, gosto de oferecer objetos, crio a ilusão de embelezar a vida dos que me são próximos e de ampliar a minha ressonância nas casas deles.

Dei-te tantas coisas: *O leopardo*, do Visconti, que nem sei se realmente chegaste a ver; *As quatro últimas canções*, do Richard Strauss, que tu recebeste com gritinhos de alegria, dizendo que adoravas valsas e não conhecias aquelas. Dois meses depois, encontrei o disco ainda selado, pedra virgem na eterna Torre de Pisa dos teus discos. Coraste e gargarejaste a sequente pouca-vergonha: "Oh! Que estranho! Está fechado. Apesar de eu o ter ouvido imensas vezes!" Ofereci-te uma edição preciosa das *Cartas* de Mariana Alcoforado, que tu emprestaste a uma amiga e perdeste. E uma carta da Virginia Woolf, que me custou uma pipa de massa num leilão em Londres, e que vim a encontrar numa gaveta, misturada com extratos bancários, disquetes, chaves, rebuçados e notas internas do teu partido.

Queria levar-te a Veneza, mas parecias nunca ter tempo. Nunca reclamaste o vale de viagem que te ofereci no dia dos teus anos. Os dias e meses foram passando, fanou-se-me a vontade de fazer essa viagem contigo. Acabei por ir com a Patanisca e o Porquinho Um, terminações da sorte intermitente que me calhou contigo. De certa maneira, era ainda uma homenagem que te prestava. E comprei para ti esta jarra que deponho na tua campa — agora, pelo menos, já não podes extraviá-la nos unhedos de uma serigaita qualquer.

Morta, tu. Tanta energia vã, cachopa. Tanto te desgastaste com as intrigas da política — e para quê? Bem te avisei: "O Estado é homem, e dos trastosos, para que te vais meter nisso?" Respondeste-me que a Liberdade é mulher. Como a Revolução. Ou a Democracia. Ou a Igualdade. Poderia acrescentar: e a Inveja, e a Intriga, e a Traição. Palavras, balões de colorir o vazio. Mas já não tinha sequer vontade de te levar aos arames. Pena. Ficavas linda, quando te aramavas. Ou quando te envergonhavas.

Eras mais feliz na Universidade do que depois foste na Assembleia. Pensavas, criança totó, que uma vontade em movimento pode criar um mundo mais justo. Não era o Poder em si que te motivava, embora alguns sinais exteriores de estatuto te tenham tilintado, ah, sim. Coisas pequenas mas fundamentais como essa de pores secretárias a fazerem-me telefonemas e deixarem-me recados. Rosnei, tu impacientaste-te; que tinhas muito que fazer, precisavas de gerir o teu tempo, era para essas miudezas que serviam as secretárias. A política descompôs-te o tom de voz: tornou-se áspera e veloz, as gargalhadas curtas e esforçadas. Também por isso perdi o gosto de te telefonar.

O teu corpo é agora alimento da terra — existirá no verde das folhas. E no cheiro do vento, na matéria física dos dias e das noites. Olho para a tua campa e sinto os teus olhos negros a serem devorados pelas larvas, o teu sorriso espelhento apodrecendo a cada instante, as tuas mãos desfazendo-se, desaparecendo para sempre deste mundo que é ainda tão teu. A luz do sol já não chega à tua pele, e poucos ficaram para verdadeiramente te chorar — alguns amigos. Ninguém que te tenha visto gatinhar, balbuciar as primeiras palavras. A tua infância zarpara há muitos anos — no acidente em que morreram os teus pais.

Fui teu pai? Posso ser o teu filho? O que queres de mim? Vens resgatar a mísera desordem do meu amor por ti. Não soube esboroar-me em ti — mas também nunca te esboroei. Soubeste ao menos isso, gaiata?

34. Os escritores recortam estes casos e pensam: vou escrever sobre isto. Palavras como peças de um *puzzle* — no fim entende-se o mundo de novo como na primeira infância, as meninas mortas arrumam-se na estante dos fantasmas e das histórias repetidas. Os escritores barricam-se em histórias para não sofrer. Primeiro sofre-se, escreve-se por vingança. Depois atinge-se o requinte de escrever em vez de sofrer — as personagens que sofram por eles e, se possível, para lucro deles.

Encontrei uma vez uma escritora a chorar. Pelo menos parecia-me que estava a chorar, na casa de banho, no intervalo de uma reunião política importante. Na minha inocência, pensei que ela chorava por causa do desprezo dos homens. Olhavam para as paredes através dos nossos corpos. Faziam-se surdos. Falavam de nós como "as gajas" — segregações de liceu aparentemente irreversíveis. "Em meu nome e no da senhora presidente da Câmara, gostaria de afirmar desde já o nosso total apoio às vítimas de mais esta cheia" — adiantava-se, flamante, o vereador do Equipamento Social, diante de ministros e câmaras de televisão. "Em meu nome e da senhora vereadora do Turismo, afirmo a nossa determinação no desenvolvimento acelerado das infraestruturas hoteleiras." Elas coravam e ficavam caladas, temendo o ridículo — e os seus subalternos cintilavam, aplaudidos pelos Grandes e solicitados pelos microfones em despique. Eu contava-te, e tu encolhias os ombros:

— Ora. Não se calem. Falem alto, catano, mesmo que pareça mal.

E podia ser que as coisas se resolvessem assim, até que a voz nos doesse. Mas as coisas não eram apenas estas. Como eu vinha do ensino, atribuíram-me a coordenação de um Centro de Área Educativa, e, pouco depois, a presidência da Comissão da Proteção de Menores. Todos os dias me apareciam novos casos de crianças espancadas, seviciadas. Filhos de pais de sucesso que os obrigavam a ajoelhar-se sobre pregos quando baixavam as notas. Crianças ricas que passavam fome e levavam sovas de cinto para aprenderem a disciplina e a competitividade. E eu lá ia resolvendo o que podia, com pinças, meditando no pouco que Marx afinal entendia da natureza humana. Até que um dia deixei de poder meditar.

— Salve-nos, por favor. Ele chega a casa bêbado, viola-nos a todos e depois bate-nos muito. A gente já nem se importava que ele nos violasse, se depois não nos batesse tanto.

Era uma mulher com as costelas partidas e o rosto rebentado, mãe de três raparigas e dois rapazes, de quatro a catorze anos.

E então eu telefonei a todos os poderosos que conhecia — senhor ministro, é muito urgente, senhor secretário de Estado, concede-me a graça, senhor diretor-geral, ouça-me só um minuto, por favor — e lá consegui fundar um centro de salvação terminal a que chamei Gabinete da Equidade. Sem discriminação de sexos, para escapar à tentação paternalista. E porque me aparecia outro tipo de náufragos, por entre as ondas sucessivas de mulheres de rostos rebentados — emigrantes de leste, ciganos escorraçados, deficientes, velhos, pessoas sem nada nem ninguém a não ser a dor.

A princípio todos consideraram a ideia muito apelativa, cheia de sinergias mediáticas. Deram-me um gabinete alegre, cheio de máquinas comunicantes, inauguraram-no com pompa e televisões, exortaram-me a agir. Agi com tal furor que lhes pareceu bem criar um Ministério da Equidade — mas ah, oh — refluía a maré, viam-se de novo os dentes da crise e do desemprego, e a imprensa começou a falar de burocratização do Estado, da invenção de Ministérios sem objeto como esse da Equidade, quando era evidente que a equidade devia ser um princípio fundador de todos os Ministérios.

Seis meses depois do seu nascimento, o Ministério da Equidade foi a enterrar. E eu fui vivamente aconselhada a "deixar-me de merdas", para não complicar a vida ao Partido e ao Governo. "Que interesse é que tem sacudir diante dos olhos do povo esse lixo todo, diz lá? Violência sempre houve, sempre haverá, deixa que a democracia funcione e que as instâncias normais funcionem, vá." Como eu não estivesse disposta a deixar cair as minhas espancadas, os meus velhos, os meus paraplégicos, as minhas crianças maltratadas, deixaram-me cair a mim de todas as comissões, retiraram-me o pessoal, as verbas, o acesso ao poder. Retiraram-me a proteção policial, julgando que me intimidavam. Mas o tipo que me perseguia, que me inundava o telemóvel e a casa de mensagens ameaçadoras ("Vou-te encher o focinho de ácido, grande puta, vais ver como te apetece tirar as mulheres aos maridos"), também ele desapareceu, talvez desanimado com a minha progressiva insignificância. Ou talvez fizesse parte da polícia que, supostamente, me protegia — não eram também polícias alguns dos carrascos caseiros das mulheres e crianças que me pediam ajuda?

Sempre que eu queria denunciar estas coisas, mandavam-me calar. Ou tiravam-me mais um pedacinho de poder, umas massas, umas pessoas. "Cala-te", dizias-me tu, quando começaste a perceber que gostavas de mim. "Por quem és, cala-te — ou nunca chegarás a lado nenhum." "Por quem sou, não posso calar-me. O que sou é o único lugar seguro que conheço", respondi-te eu, desafiadora.

Tanto insistias. Que eu não me definisse como feminista em público. Ou que pelo menos usasse um vestido justo e um decote grande para o afirmar. Que sorrisse em vez de criticar. Ou que pelo menos sorrisse enquanto criticava. Pobre querido. Para o meu bem, eu sei. Tudo o que devemos abdicar de ser é para o nosso bem. Terás alguma vez entendido que o bem que eu queria para mim era só o de ser quem era?

A escritora chorava, com a escova do rímel na mão, e o rímel a enegrecer-lhe as lágrimas. A escritora era deputada europeia, jurista respeitada, autora estimada pela crítica. Nas reuniões políticas falava para o boneco, como as outras. Mas estava habituada — ou talvez não estivesse. Eu nunca chorei por causa deles. Fazia ponto de honra. Deixei de chorar aos onze anos. O meu pai chegava enervado a casa e dava-me uma bofetada. Desistiu no dia em que decidi ignorar a bofetada. Continuar a fazer o que estava a fazer, como se aquela violência nunca tivesse existido. A política era muito parecida com o regresso do meu pai. Eu disse à escritora:

— Deixa lá. Põe a tua opinião num jornal. No jornal eles são obrigados a ler.

Ela riu-se.

— Estou a chorar porque o Sousa Neto me deixou. Estou a chorar por ele; treino as lágrimas que ele vai chorar no meu romance, quando quiser voltar para mim e já for tarde demais.

Estás a ver porque é que eu preferi desistir dessa nossa ideia infantil de escrever romances? Já há tantos, hoje — e são tão parecidos com a mentira hiper-realista da realidade. Já há tantos, meu querido — ao menos nunca foste nenhum Sousa para mim. Tu-que-fumas. Meu querido. Velhinho. Bebé. Cabrão. Bebé é que não suportavas que eu te chamasse — e por isso te chamava tanto. O teu nome já estava demasiado gasto quanto eu te conheci. Demasiadas mulheres, demasiados códigos secretos demasiadas vezes arrombados. E pelo apelido, como os meus camaradas, nunca. A escritora até ao amante chamava Sousa. Ela também era "a Fraga", como um homem. Tratavam-na assim, e ela sentia-se respeitada.

34. Afogo-me nos livros que me deixaste, nos muitos livros que amei por causa de ti. Livros radiantes onde outros tinham escrito os teus sonhos e pesadelos, as tuas inquietações. Sublinho-lhes as poucas frases que tinham ficado por sublinhar. Mas nenhuma delas me consola, agora apenas literatura, na mortal arrumação da História. Devo-te várias vidas, as vidas múltiplas que vêm nos livros, a minha vida em rede, mapa de atalhos nervosos que através dos livros ganhou sentido. Devo-te a minha juventude recuperada em concertos de rock ou em noites brasileiras no Coliseu. Devo-te o conhecimento da dança que me aqueceu o corpo. Devo-te sobretudo a ilusão do desejo nos olhos das mulheres que atraías para mim — ilusão redentora para os homens da minha geração, criados na obrigação religiosa do amor. Tu, a católica militante, ensinaste-me que não é pecado procurar a pura partilha do desejo — ensinaste-me a ver pureza em tudo ao meu redor.

Apareces-me agora em sonhos, chorando, pedindo-me desculpa da tese que me "copiaste". Quero responder-te, no sonho, mas a voz não sai. E há muita gente, perco-te. Estamos numa festa enorme, numa montanha verde semeada de ruínas onde surgem todos os nossos amigos e conhecidos. Quero dizer-te só isto: se por uma vez pude melhorar a orquestração da tua melodia, quem tem de te ficar grato sou eu.

35. O que é o respeito? A sala de visitas do medo. O quarto dos fundos do amor. O tecido que resta, depois do corpo — a morte, tão cosida ao pavor da vida. Não me respeites — não me esqueças. "Respeito a tua opção" — disseste-me um dia, numa mesa de restaurante, num daqueles restaurantes engravatados onde, desde que eu entrei na política, passámos a encontrar-nos, espaçadamente. Como se dissesses: "Já que substituis as nossas esplanadas adolescentes por esta vida oficiosa, não me interessa o que fazes." Deixaste de me criticar, perdeste o prazer arrepiante de ser injusto, que só se tem para com aqueles que se amam, o gozo da maldade sem culpa, gozo erótico absoluto de vencer sem vitória.

A política habituou-me a fazer da vida um jogo de xadrez respeitável: dava-te duas peças de avanço e contra-atacava. Passava em silêncio o dia do teu aniversário, à espera de um lamento que sabia que não viria, e surpreendia-te, um mês depois, com um ramo de flores. No primeiro dia dos meus anos que passámos juntos, deste-me uma cassete com *O leopardo* do Visconti, e um postal de Veneza onde escreveras apenas: "Vale dois bilhetes de avião e duas estadias em Veneza." Querias ensinar-me também alguma coisa, acho eu. Perceberas talvez que eu — como o restante mulherio, claro — sucumbira já ao poder da tua beleza, e querias mostrar-me que eras mais do que um homem bonito. No entanto, ficaste-te pelo gesto — assim agem e dominam os manipuladores, através de uma sequência de gestos apenas esboçados, como uma dança de fogos de artifício sob o negro impassível do céu.

Acusava-te para me contrastar contigo — espelho, espelho meu, há alguém mais puro do que eu? — mas não era menos hábil do que tu nas artes da manipulação. "Os discípulos já não te bastam, precisas de eleitores", disseste-me, com uma fúria desiludida nos olhos. As maçãs do rosto arderam-me como se me esbofeteasses; senti-me insultada, assim se sentem aqueles cuja verdade é repentinamente devassada. Um dia entrávamos num café, largaste uma nota de cinco contos no chapéu do pobre que estava sempre ali sentado ao lado da porta. O homem agradeceu-te, esmagado: "Que Deus o leve ao Paraíso, senhor Doutor." Explicaste-me que ias àquele café todas as semanas, mas só de mês a mês davas esmola ao pobre: "Prefiro dar-lhe uma nota grande só de vez em quando, para ter a certeza de que ele não me esquece."

Seria eu para ti mais do que esse pobre, uma pedra útil no teu caminho para a eternidade? Serias tu para mim mais do que esse pobre — não é o ensino aquilo que mais nos aproxima da eternidade? Esforço vão o teu, afinal — morri cedo demais para que as esmolas que me foste lançando, aqui e além, servissem o teu futuro.

Tive um enterro recheado de pobres — umas cinco centenas de seres encadernados a rigor, para serem vistos a respeitar-me e prestar-me homenagem. Profissionais da condolência exata e da inauguração auspiciosa, que não titubeiam no elogio nem têm vergonha na cara. Apeteceu-me varrê-los como o meu Jesus chamejante fez aos vendilhões do templo, sim. Mas tu, pobre amigo, de cabeleira em desordem, lenço negro à banda e meias desemparelhadas — tu, querido amigo, eras apenas a opulenta e mortal imagem da dor. E nunca te disse "obrigada".

Devia ter usado essa palavra no fim da apresentação da minha tese. Nem que fosse só depois da decisão do júri, só depois do *summa cum laude*. Foi a tua investigação sobre os cultos da fertilidade pré-históricos, progressivamente povoados por deusas e sacerdotisas do sexo, que serviu de fio condutor ao meu estudo sobre o papel pioneiro das prostitutas na luta pela emancipação das mulheres. Foi a tua paixão pela Grécia Antiga que me permitiu descrever a verdadeira tragédia grega do quotidiano das mulheres de Atenas, e a influência vanguardista exercida na filosofia da época pelas *hetairae*, ou seja, "companheiras dos homens", prostitutas cultas e independentes, consideradas como emanações da deusa Afrodite. Foste tu quem me fez ver a que ponto os movimentos pós-feministas restauraram o estereótipo da Prostituta Arrependida, promovendo-o com um marketing idêntico ao da Igreja Católica. Foste tu quem me fez ver que, ao contrário do que normalmente se pensa, a rústica Idade Média incrementou, pela frequência das guerras e das cruzadas que ocupavam os homens, a liberdade de movimentos das mulheres, enquanto o tão gabado Renascimento as sequestrou em casa.

Copiei os teus trabalhos e chamei-lhe inspiração. No fim dos aplausos, abraçaste-me com a força de uma ternura intacta, de um orgulho indestrutível — e eu fiquei para ali perdida de alegria, alívio e vergonha no fundo dos teus braços, com a palavra "obrigada" tremendo-me na garganta. E não a disse.

35. E nunca te ofereci a festa surpresa que tu idealizavas, gaiata. Otimista, ou vigarista impenitente, pensava organizar-ta quando tu fizesses quarenta anos. Com quarenta amigos, evidentemente. Mas desde que te enfronhaste na política, a coisa complicou-se: era preciso sacudir a massa humana que te rodeava, para ver quantos amigos sobravam da sacudidela. Tornaste-te senhora de influência, que o mesmo é dizer uma gaja para sugar até ao osso.

Até prefácios te cravavam. E tu escrevinhavas. Às primeiras impante com a gloríola académico-literária; depois, estafada, e com uma incómoda sensação de que te estavam a chular. Alguns ainda acrescentavam ao pedido um palavreado gongórico, de forma a que ficasses ciente da honra que te davam em prefaciá-los. E tu, de língua de fora, ias dizendo a tudo que sim.

Ferravas o dente nos que te queriam bem, despachava-los ao telefone, ajoujada de deveres. Se ao menos tivesses parado para pensar um segundo em ti — quantas dessas pessoas volteariam em torno de ti, anelantes por mais um almocinho, se tu não tivesses um favorzinho para lhes fazer? Confundias-te: dizias que a tua missão na terra era melhorar as condições de vida das pessoas, mas grande parte do teu trabalho consistia em melhorar as condições de vida dos melhorados de nascença. E essa foi a tua festa surpresa.

Os risos das crianças arranham-me, como o teu gato escaldado gostaria de me ter arranhado. Evito os jardins, para não os ouvir em coro — surges de dentro desses risos, de bibe e nariz esfolado, e riste, sem os dentes da frente. A tua morte trouxe-me a minha infância imaginária. Jogo contigo ao berlinde no pátio de uma casa que não conheço, a tua mãe ralha: "Já não bastava seres uma maria-rapaz, agora trazes rapazes cá para casa", e eu dou-te um beijo na testa, e a tua testa é um mar de rugas ásperas, não tens os dentes da frente porque és muito velha e voltas a rir: "Pois é, eu sou uma maria-rapaz."

Sei tão pouco de ti. A nossa amizade era toda feita de presente, de comentários sobre o hoje que se movia à nossa volta. Nenhum de nós tinha família que se visse — os teus pais, há tantos anos mortos, eram apenas um pretexto de efabulações, os tios que te criaram um par de fatos de cerimónia aos quais tu ias prestar homenagem nas datas cerimoniais. A única pessoa de família que te conheci foi esse Deus ciumento que te afastou de mim. Não me peças que Lhe perdoe, porque não posso. Só se o Gajo um dia me levar para o pé de ti — mete-Lhe uma cunha, és capaz?

36. Porque te escolho, neste sussurro sem retorno? Porque te quero no meu sono, se iluminaste sobretudo o que não fui? Morreste-me antes que eu morresse — e não consigo morrer sem ti. Nunca consegui. Todos os dias da minha vida estive contigo — como se todas as amizades anteriores fossem só o caminho para chegar a ti, como se todas as amizades posteriores fossem apenas a ausência de ti. Mais delicadas, mais ritmadas, mais claras — menos tu.

Arrumei os amores, é a primeira regra da vida — saber arquivá-los, entendê-los, contá-los, esquecê-los. Mas ninguém nos diz como se sobrevive ao murchar de um sentimento que não murcha. A amizade só se perde por traição — como a pátria. Num campo de batalha, num terreno de operações. Não há explicações para o desaparecimento do desejo, última e única lição do mais extraordinário amor. Mas quando o amor nasce protegido da erosão do corpo, apenas perfume, contorno, coreografado em redor dos arco-íris dessa animada esperança a que chamamos alma — porque se esfuma? Como é que, de um dia para o outro, a tua voz deixou de me procurar, e eu deixei que a minha vida dispensasse o espelho da tua?

Passávamos horas ao telefone. A repetir ao pormenor todas as novidades do dia. A especular sobre as causas ocultas de cada gesto ou palavra dos nossos amantes. A projetar obras grandiosas que nos elevariam ao Olimpo da inteligência. A anotar os pormenores maus das pessoas boas. A esfaquear metodicamente as pessoas más. A fazer de conta que éramos os melhores e os piores do mundo. A escutar em estereofonia a faixa mais bonita do mais recente disco de cada um. Por isso nunca fui capaz de perceber as distinções entre conversas de homem e conversas de mulher. Tu eras tão mulher como eu, eu era tão homem como tu — e cada um de nós tinha sexo, claro, tudo entre nós era sexo, sexo sublime, sem ranger de molas, desgaste de corpos, sem o melancólico ritual do frenesim e do repouso que reduz a paixão a cinzas.

Fartaste-te do meu corpo, mesmo abstrato? Em que dia me abandonaste? Em que palavra a minha voz se partiu? Que sombra se abriu por dentro dos teus olhos para despedaçar a minha imagem? Nos meus pesadelos, um abutre rondava o teu cérebro e comia-to vivo. Rir-te-ias, se to contasse, havias de dizer, como das outras vezes: "Contigo os psis não enriqueciam. A tua alma parece, não te ofendas, um filme pornô. Está lá tudo escancarado, com gemidos e chicotes." Nunca soube viver sem ti — encontrava-te em todos os sonhos, à beira de uma explicação que nunca chegava mas que eu sabia existir. Um dia, no nosso próximo almoço de conveniência, tu dirias: "Zanguei-me quando tu fizeste isto e disseste aquilo." E eu dir-te-ia que foi sem querer, e voltaríamos a ser o nó intacto de antigamente.

Foi sem querer. Se deixei de te comover, de te divertir, de te inspirar, meu querido, foi sem querer. Se perdi a capacidade de te ferir e fazer sangrar, foi sem querer. Foi sem querer que te copiei, para não te perder, para não perceberes que eu se calhar não era capaz. Foi sem querer que se calhar não fui mesmo capaz — preguiçosa, timorata, escondida na gruta da perfeição impossível. Foi sem querer que morri, em vez de ter engolido uns comprimidos e pegado num telefone para te dizer que me estava a matar.

Nunca soube ser mulher para essas coisas. Sempre pertenci ao clube das fortes. Lembro-me de a Teresa contar que o primeiro namorado a acusara, desesperado, da sua falta de vocação para se suicidar por causa dele. Casou-se com uma rapariga que por três vezes encenou tentativas de suicídio em sua honra. É verdade que nem tu me mereceste tanto — continuei a falar contigo, na minha sala silenciosa, lágrima a lágrima, até que a morte decidiu vir buscar-me. Mas não te preocupes: foi apenas uma coincidência, e foram necessários quase dois anos de conversas assim, num silêncio bêbado de risos antigos, para que a coincidência acontecesse. E foi sem querer. Se eu imaginasse que continuaria por dentro da morte a chorar por ti, ter-te-ia procurado em vida para te matar.

Escrevi-te cartas — as mais sinceras não cheguei a enviar-te, porque não eram tão geniais como eu queria que tu me visses. Às outras, literariamente inatacáveis, não respondeste. O departamento de salvação era comigo; tu não eras tão arrogante. Amavas por prazer, que só o prazer entrega a arte-demência que o amor é. Eu amava-te com narcisismo e vontade de poder. Só davas o que eu te pedia; nunca te ocorreria correr de extintor na mão para me salvar de fogos que eu não tivesse detectado ainda.

Eu queria salvar o mundo. Queria também que me vissem a salvar o mundo, sim. Tinha ideias muito precisas sobre como o fazer. Eu saberia exatamente como estimular o funcionário público para que desse o seu melhor, como acabar com os privilégios dos ricos e distribuir os excedentes do mundo pelos pobres, como animar os jovens e fazer descer a curva da criminalidade. Tudo era uma questão de ideias simples, investimento maciço na ingenuidade humana, na qual já ninguém parecia acreditar.

Sabia também exatamente como acabar com a tristeza ou solidão de qualquer dos meus amigos. A minha casa era um hotel particular de grande movimento. Às vezes magoava-me ligeiramente ouvir, às seis da manhã, depois de uma noite inteira a requentar corações:

— Tu não és capaz de viver sozinha

num tom insidiosamente paternalista. Eu a aguentar o sorriso com uma grua imaginária, pensando nos meus livros, nos testes para corrigir, no estado em que chegaria à reunião da manhã seguinte, e afinal, aquele coração maltratado estava ali a fazer-me um favor. A beber o meu whisky, o meu sono, a parte mais generosa do meu coração, e afinal só porque eu não era capaz de viver sozinha.

É verdade que não sou capaz de morrer sozinha. Ninguém é. Mas morre-se melhor quando não ouvimos a morte a bater à porta, quando ela nos irrompe pela casa como uma visita inesperada.

Sempre gostei de visitas inesperadas — nisso éramos completamente diferentes. Sonhei a vida inteira com uma festa surpresa que nunca me fizeram — a páginas tantas, tu e todos os outros começaram a dizer-me que já não era possível fazerem-me a tal festa, porque eu vivia em ansiedade à espera dela. "Já não seria surpresa, percebes?" Não, nunca percebi. O Natal não deixava de ser uma surpresa só porque eu já sabia que ele ia chegar. Vivia a sonhar com esse dia em que um de vocês me atrairia a um restaurante à beira-mar onde estariam todos os meus amigos e amores, rodeados de rosas brancas e balões coloridos, com um piano e a guitarra do Pascoal, para me receberem em apoteose ao som de *A sombra das nuvens no mar.*

Deus não tem particular queda para a música — afinou alguns pássaros, certos tipos de chuva e as ondas do mar, mas deixou aos homens o sublime do som. Sempre tive a impressão de que Deus era mulher — e a Sua falta de talento para a música, se acreditarmos nas análises estatísticas sobre o sexo dos grandes compositores, prova-o. Outra prova é esta Sua compaixão para com as saudades que tenho de ti — uma forma de malícia, claro, mas nem por isso menos compassiva. Faz-me falta a música para dançar ao teu lado neste noante em que vogo. Tive a minha festa surpresa, sim — apareceram-me todos, carregados de flores, ao lado do caixão. Mas só tu cantas encostado ao gelo da minha boca azul.

36. Talvez o Paraíso tenha relvados úmidos e árvores frondosas habitadas por esquilos, como Cambridge. Muito nos divertimos naquele solene seminário sobre *o colonialismo*. Havia uns artolas que, em lugar de teses, trabalhos ou interrogações, ostentavam prisões e torturas como medalhas de Superioridade Humana. Aprendi na guerra a desconfiar muitíssimo dos gajos que se gabam dessas coisas — os heróis, pelo menos os que eu conheci, falavam pouco (o que, de resto, não te augura propriamente uma boa carreira celeste).

Por acaso arranjaste-me um berbicacho catita, nesse seminário. Uma noite, decidiste vir bater à minha porta alegando que estavas com medo de uma família de baratas, ou coisa parecida. Bateste à porta exatamente quando eu me dedicava a aprofundar conhecimentos sobre o colonialismo australiano, pelo contemporâneo método da investigação participante, entre lençóis, com uma antropóloga de grande qualidade. Mal te ouviu a voz, a jovem enfiou o vestido e saltou pela janela — felizmente, o meu quarto ficava no rés do chão. Mas infelizmente, não consegui convencê-la, nos dias seguintes, de que tu eras apenas a minha maior amiga.

Não deste por nada, claro. Os devaneios dos outros passavam-te quase sempre ao lado. Também é verdade que, embora nunca tenha tido a intenção de esconder de ti o meu interesse pela rapariga australiana, não te contei nada sobre ela. Achava piada à tua cegueira. Para ser sincero, devo acrescentar também que temia as tuas investidas casamenteiras, em geral muito semelhantes a um camião desgovernado. Acabei por adotar a atitude da raposa de La Fontaine, decidindo que, se aquelas uvas não me vinham parar à boca, certamente estariam verdes.

Não posso dizer que tenha gostado muito de dormir abraçado a ti naquela noite em particular. Mas acho que disfarcei bem: fui o amigo meiguinho de que tu precisavas. Contámos anedotas, fiz-te cócegas, fiz-te festas no cabelo até adormeceres. Dormi muito pouco, nessa noite, mas aos grandes amigos exigem-se estes pequenos sacrifícios. De resto, sacrifício é uma palavra feita para a tristeza dos que não são crentes, como eu. Tu acreditavas tanto.

37. Voltámos juntos a Cambridge, numa próxima Curva do Tempo. Sem conferencistas nem cocktails ingleses — só para escrevermos a quatro mãos a História Alternativa do Mundo, uma História em que o pecado original seria substituído pela inteligência do amor e os deuses gregos que alimentaram o dr. Freud morreriam de vez, empanturrados de culpa, depois de matar o pai e dormir com a mãe. Uma História em que a felicidade da descoberta ocupasse o espaço tomado pelas guerras de destruição nas Histórias que nos foram dadas.

O que nos rimos, naquele seminário sobre *História e Colonialismo,* lembras-te? Havia uma conferencista búlgara que bebia os restos de vinho dos copos e arrebanhava todas as sobremesas que sobrassem, no fim do almoço. Depois sentia-se mal. Quando começou a ler a sua conferência, as vísceras desataram-se-lhe em foguetes. Por azar, estavas sentado na mesa, ao lado dela. Afogueada, pediu-te que lhe lesses o resto da conferência, enquanto afastava a cadeira e deixava cair a cabeça entre os joelhos. E tu leste, num inglês sumidíssimo, esse texto, um panfleto inane mascarado de termos académicos, sobre a supressão histórica das mulheres. Eu mordia os lábios com força para não me rir, tu nem ousavas olhar para mim.

Outros conferencistas ostentavam prisões e censuras como medalhas — normalmente, os que menos prisões e humilhações tinham sofrido. Complementavam muitas vezes as suas conferências com a revelação bombástica e exclusiva das suas desconhecidas obras literárias — um poema, uma meditação poética, um projeto de conto, onde surgia esvoaçando, em jeito de refrão, a imagem: "Livre como um pássaro."

Recordo que uma francesa mais cartesiana pôs o dedo no ar para perguntar a um dos vates ornitólogos a causa da insistência em tão estafada metáfora. A resposta foi solene: "Quando se está na prisão, não se pensa em metáforas. A única coisa que eu via através das grades da cela era um pássaro, poisado numa árvore. E queria ser livre como um pássaro." Nessa altura nós trocámos olhares e fugimos — pássaros, pois — para ir passear de bicicleta, remar no outonal Cam que percorre as traseiras dos colégios, procurar tesouros nos alfarrabistas.

Lembro-me da noite em que dormimos juntos, abafando as gargalhadas debaixo do edredão para não causar maior escândalo. Estava a ler no remanso do meu quarto quando vi uma aranha gorda, com pelos nas pernas, avançando sobre o lençol em direção ao meu nariz. Matei-a com a capa do livro mas, obcecada com o paradeiro do agregado familiar da senhora aranha, desci as escadas do dormitório e fui bater-te à porta. Cruzei-me no corredor com um respeitável professor japonês, e na manhã seguinte todos os murmúrios nos seguiam. Nós tínhamos doze anos, ou cem, cada um, e só queríamos dizer disparates, desdobrar a imóvel noite da infância sobre o tempo, até que ele desaparecesse.

37. Porque será que sempre que saio da cidade te sinto mais distante? Dizem que os mortos ressoam nessa caverna abandonada a que chamamos coração. Que se ouvem no silêncio, na paz dos espaços despovoados, em sítios assim, onde é possível escutar o batimento do músculo involuntário. Mas tu foste sempre uma multidão. Perdoava-se-te a arrogância muralhada, porque dentro dessas tuas muralhas havia uma multidão. Ruídos de copos, pianos, palavras perdidas, fumo de cigarros. E livros, livros que desfolhavas com uma sofreguidão de leoa. Dizia-te: "Lês tanto, que acabas por não aprender nada." Era esse tipo de frase o que mais te magoava. Ficavas calada, com medo que fosse verdade.

Já não sei quem te disse, uma vez, que bastava meter-te uma moeda para que falasses horas a fio. Calaste-te a noite inteira, com os olhos úmidos. Se te chamassem egoísta, alcoviteira, vaidosa, deslumbrada, ripostavas com um humor requintado, vitorioso. Só não podíamos tocar nas teclas pretas, pequenas, modulantes, desse teu grande piano. Acabava-se a música.

Para onde foi a minha música? Abro a janela, deixo entrar o barulho da noite na cidade, ponho a tua música. A música desse desmazelado cuja morte tu tanto choraste, a música de Paris que tanto e tão separadamente amámos. Acendo um charuto e fico à tua espera, à espera de um sinal desse outro *clochard* que te levou de mim sem me ter dado o tempo de saber quem eras. *"Dieu est un fumeur de havanes/ Je vois ses nuages gris/ Je sais qu'il fume même la nuit/ Comme moi, ma chérie."*

38. Desarrumar-te os livros. Queria ter o poder de um sopro para que pelo menos o volume de cima ficasse desalinhado. Nem na casa de férias que chegámos a partilhar se admitia um milímetro de confusão. Eu tinha a mania da organização interna — alfabética, temática —; tu, da harmonia externa: as lombadas tinham que compor uma sequência cromática, o caos uma aparência de serenidade.

A nossa casa de férias: branca, rematada a azul. Com um jardim selvagem que tu domaste à força — a relva insistia em não pegar, a palmeira em não crescer. No interior das janelas, bancos de pedra através dos quais se podia ficar a olhar para o mar dias inteiros. Desesperavas com a humidade, o cheiro a bafio na roupa, as manchas cinzentas nas paredes, o bolor nos sapatos. Eu gostava de vestir a roupa assim, com um toque molhado e um odor a velho, sentia-me em paz. Fora do mundo urbano que foi, é ainda, a minha droga.

As cidades, sinto-as febris como adolescentes, dançando sobre as pistas da sua própria luz, consumidas por uma inquietação difusa, cruéis, livres, impuras, amantes absolutas do novo, com toda a sua sujidade inaugural. Sítios de queda e construção, leviandade e levitação, onde os acontecimentos se precipitam em cadeia e a verdade pequena de cada um existe verdadeiramente, alterando a composição química do todo a cada passo. Dizias às vezes que as cidades cansam, de desalmadas. Meu querido, a poluição urbana é feita do lastro azul das almas que gravitam sobre elas, almas antigas e futuras que lutam para se infiltrar na carne do presente, para fazer da memória uma casa em obras. Almas esgarçadas por aquilo que não conseguiram atingir — as cidades dão-nos a medida constante do inatingível, por isso não conseguimos afastar-nos delas.

Há sempre um lampejo de morte numa qualquer esquina das cidades que amamos, os passos de alguém que já não existe mas insiste em caminhar à nossa frente, confundindo o ruído dos seus passos com o ruído dos passos dos que ainda estão para nascer. Falta o silêncio, a resignação da morte nas cidades — eu não me resigno, não consigo dormir em paz, desistir desse turbilhão urbano que tem a marca da minha respiração ofegante.

Os cravos vermelhos sangram no branco das tuas paredes. Sempre preferiste rosas, ou então camélias. Troçavas da minha fúria pelos cravos e agora aí estás, rodeado deles, com a camisola verde-água que te dei e nunca estreaste porque a achavas berrante. Estás dentro da camisola verde-água, deitado nos tacos de madeira clara da tua casa lisa. Os livros em volta, exércitos rumorejantes, alinhados. Os cravos, o verde, a canção de Gainsbourg — "como podes gostar tanto de um homem que se lava tão pouco e se barbeia tão mal?", perguntavas-me —; foi preciso que eu morresse para que entrasse na tua casa. *Dieu est un fumeur d'havanes. Comme toi.*

38. Guardo demasiados mortos velhos. Mortos estúpidos, com as tripas de fora, olhos arregalados, perdidos no caminho para o outro mundo. Mortos de guerra, miúdos que morriam a gritar pela mãe ou por namoradas cujo aroma mal tinham chegado a conhecer. Mortos que me encalharam o sono e os sonhos. Há anos que eles me flutuam dentro do corpo, há anos que os despejo a conta-gotas para a memória para não os contaminar com a minha própria vida.

Arredámos os rituais da morte, porque nos atravancavam a suposta ascese do luto. E ficámos assim, alagados de corpos que fedem nas cavernas do coração. Não sabemos limpar o coração como nos teus clássicos russos: o remorso e a culpa, que durante tantos séculos nos esfregaram as almas com a eficácia de uma lixívia, estão fora de moda. Como os gritos de dor, as confissões tonitruantes, a fúria parcial do sofrimento humano.

Os mortos agora autopsiam-se, abrem-se, cosem-se, explicam-se, velam-se e enterram-se. Os velórios são reuniões terapêuticas, e a orientação terapêutica única é o esquecimento. Se a mãe do morto, o pai ou o filho da morta, quiserem falar uma noite inteira da luz daquele sorriso morto, logo lhes acode um batalhão de amigos com a meiguice das conveniências, borbulhando-lhes muitos chius e puxando-os para longe do cadáver que — supremo mau gosto — eles querem beijar e abraçar e aquecer com a água fervente das suas lágrimas. Os mortos tornaram-se manequins — peças que se vestem e despem, montam e desmontam, pasto de teses eróticas, audiências e estatísticas, refúgio regressivo de solidões que fazem da necrologia uma forma de arte transdisciplinar.

Os mortos fotografam-se em resmas, quando morrem em resmas, longe do recato individual do poder e do dinheiro. Ou produzem-se em vida, às mãos de um batalhão de artistas da maquilhagem, obedecendo às ordens de artistas plásticos que querem dizer o indizível. Brincamos cada vez mais aos mortos.

Quando a mulher do Alexandre morreu, ele velou-a dois dias e duas noites seguidas, beijou-a, regou-a com lágrimas urradas e fotografou-a. Fotografou-a, na cama e no caixão, careca e magra como uma vítima do Holocausto. Toda a gente murmurou contra o mau gosto dele. Tentaram demovê-lo, com a ladainha das conveniências, mas ele sacudiu de uma só penada os abutres do conforto, padres incluídos: "Se querem ir jantar, dormir, descansar, por favor, vão à vossa vidinha — mas não me fodam!"

Também eu queria ter praguejado assim ao redor do teu caixão. Tantos sussurros sobre a tua gravidez, tantas indagações putrefatas sobre o autor desse filho mortal, tanta telenovela mexicana sujando o ar dessa sala perfumada pela derradeira presença do teu corpo. Não me fodam, catano. Pensei-o com tanta força que vi um laivo de sorriso boiando no teu rosto branco. Piscaste-me o olho e disseste-me: "Deixa-os lá entretidos a cozinhar fodas mentais. Não têm imaginação para as outras, coitaditos." A morte deu-te caridade, mas não te roubou a verve.

Gostava de ter tido coragem de afrontar o bom tom do tempo. Para guardar uma fotografia tua, assim, branca e cáustica. De morta verdadeira, num silêncio *demodé*. Precisava dessa fotografia para te envelhecer serenamente, para me libertar do peso dos sonhos que não concretizaste. Mas há muito que tu substituíras o sentido prático dos sonhos pelo estado profético dos ideais. Essa tendência para a realização dos impossíveis acelerou-te a vida. Sim, tu soubeste matar-te em vida. Positivamente. Sabias tudo o que há para saber. Experimentaste toda a variedade de paixões, esplendores e desapontamentos. Morreste mais velha do que eu. Invejo-te a velocidade e imprevisibilidade da morte — arranjas-me uma assim, ou cada um morre ao ritmo a que viveu? Porque se assim for, Sininho, estou tramado. A menos que aprenda a ser rápido e eficiente na vida. Mas primeiro tenho de entender como pode o sol brilhar com este despudor amarelo sobre um mundo em que tu já não estás.

39. Não me deixes morrer. Dá-me um espaço eterno no teu corpo mortal. Não quero que venhas ter comigo, os mortos não se encontram, talvez andem todos por cá, nos buracos negros do tempo, a vigiar os vivos que não souberam amar até ao fim. Talvez só o amor não tenha fim — o amor sujo, magoado, vermelho e negro, o amor rasgado, miserável, humano. Sempre que quis amar a humanidade acabei sozinha e enfurecida, amando-me a mim somente — ou com pena de mim, o que é quase a mesma coisa. A pena faz parte do amor, aguenta-o sobre o tempo. Como um cravo vermelho, engelhado, esquecido. Em cada cravo seco se concentra o passado e o futuro de todos os cravos.

Eu gostava tanto de rugas — já viste a ironia? — não cheguei a tê-las. Tantas mulheres deitadas em macas, anestesiadas, acordando entrapadas e dormentes, oferecendo dias da sua tão curta vida à dor para se libertarem das marcas das rugas — e eu, que tanto amava as marcas da passagem do tempo sobre os corpos, que sonhava com as pregas futuras dos meus amantes, o cansaço dos seus corpos, a ferida aberta das almas à tona dos olhos, aqui estou, em sítio nenhum.

Posso ver a terra no longe das nuvens, mas já não experimento aquela tranquilidade azul das viagens de avião. As casas encolhiam debaixo das asas que me transportavam, os carros formigavam e as ambições humanas tornavam-se irrelevantes. Agora eu sou a asa, a pura pena — e só junto a ti, meu tão certo sexagenário, consigo repousar.

Se me afasto um pouco de ti, ouço gritos, um coro de gritos que não sei de onde vêm, a terra fica desfocada e eu desfaço-me numa inconsistência dolorosa — o sumário da minha vida, gargalharias tu.

Mas as tuas gargalhadas parecem ter morrido comigo — ri-te, vá lá, lança os braços ao céu e ri-te grandiosamente, como te rias de mim. Queres saber um segredo? O mundo não tem sentido — e eu continuo aqui, não sei onde, à espera que alguma coisa aconteça. Porque as mulheres nunca se cansam de esperar que qualquer coisa aconteça, dirias tu, por isso envelhecem tarde. Ou, melhor dito, nascem velhas.

Nascer outra vez, ter um espaço onde mover os meus passos, sentir o meu bafo numa dessas janelas altas e largas de Lisboa — o espaço só existe reduzido à proporção de um corpo, do brilho da carne. Terei sido suficientemente bela para que a minha presença possa permanecer, iluminando o vazio que dantes era meu? Tive alguma vez algum vazio?

O peso do mundo. Pudesse eu por um segundo tocar o rosto de uma criança para o estancar, para voltar a ter essa ilusão de que é possível estancá-lo, fechar as portas da dor, da tortura, da injustiça. Expulsá-las para esse buraco negro, algures no espaço sideral. Tento pegar-te na mão, pego na mão fria da minha mãe que nunca acabou de morrer. Aperta-me a mão, mãe — porque é que os teus dedos se recusam a segurar os meus? Fiquei zangada com a minha mãe quando ela morreu — ficaste tu também zangado comigo? É por isso que não ris?

Porque não atendes o telefone? O mundo chama por ti — mundo dos oportunistas e das oportunidades. Das crianças que são mortas e dos que escrevem poemas sobre as crianças que são mortas. Da vida que não estanca nos gritos das crianças que, a esta hora, são torturadas pelas mães. Enquanto tu ouves a *Paixão segundo São Mateus* e pensas dolorosamente em mim, eu penso dolorosamente em ti mas ouço o choro inútil de uma criança a quem a mãe queima com um ferro de engomar.

Sempre ouvi o choro destas crianças — porque não tive filhos, porque quase não tive pais, porque somos todos órfãos. Vamos fazendo biscates, desenrascanços de sobrevivência, umas teatradas com os papéis trocados. Tantas vezes te servi de mãe, tantas vezes te observei colando o meu sorriso sobre a memória da mãe demasiado triste que te coube em sorte. Tantas vezes adormeceste com a cabeça no meu colo, filho velho que escolhi. Atende o telefone, meu filho. Os destroços disso a que às vezes chamávamos "o nosso grupo" procuram-te.

39. Os nossos amigos telefonam-me. Dizem-me que tenho que reagir, dizem-me que escreva. Que te escreva. Tu travas-me a mão. Não queres que te escreva. Não queres que eu faça nada de novo, nada que modifique a nossa história. Pensámos escrever textos a meias. Ficámo-nos pelos preliminares: roubávamos textos um ao outro. Mas pouco escrevemos um ao outro. Não precisávamos desse artifício de sedução explicativa. Não é agora que vamos precisar. É de olhos abertos que te encontro — nos buracos de silêncio da minha casa, nos interstícios das multidões de fim de tarde, no bafo sobre os vidros, quando o frio esmaga a noite.

Tive medo de te ir esquecendo, nos primeiros dias, mas não é verdade o que as pessoas dizem sobre o tempo. Deus pode tirar-nos a vida — sim, esse Gajo tem uma cara boa para culpado — mas não percebe nada de pormenores. Lixar o tempo é uma questão de acerto nos pormenores. Em vez de deixar que esse teu Deus canalha me subjugue com o teu desaparecimento irreversível e os nossos equívocos irrevogáveis, faço de conta que tu nunca exististe. Invento-te pura criação minha, a mais real das amigas imaginárias. Sacudo-te do tempo, faço-te minha amiga antes e depois da cronologia que te marcaram.

Surges numa véspera de Natal, depois do jantar, com os teus pais. O imenso laço cor-de-rosa, quase maior do que a tua cabeça, não consegue domar-te os caracóis rebeldes. Não há luz nenhuma nos olhos da tua mãe, claros mas apagados, talvez por isso o teu riso ruidoso sobressaia tanto — como se só esse riso pudesse unir aquelas três pessoas.

O carro dos teus pais avariou-se em frente da nossa casa, pedem para usar o telefone. Mas felizmente não há nenhum mecânico disponível para largar a família e acudir a uma *panne* menor, nessa noite de Natal de 1943. A minha mãe convida-vos a ficar — que diferença fazem mais três pessoas numa casa cheia de tios e primos? Temos os dois seis anos e acreditamos que o Menino Jesus desce a chaminé, de madrugada, para nos encher os sapatos de brinquedos.

Eu preparava com os meus primos e irmãos uma peça de teatro, para animar a longa espera do serão. Uma peça de enredo sacro-policial: alguém roubara o ouro, incenso e mirra dos Reis Magos. O São José era o nosso Sherlock Holmes, naquela que, creio, terá sido a sua única oportunidade de protagonismo. Tu inventas de imediato três cantigas para entremear à história, alegando que não há teatros sem um momento musical. Todas as cantigas têm a mesma música (a do clássico *Noite de Paz*), mas tu dizes que o que importa é a letra. Já nessa época tens a última palavra, embirro irremediavelmente contigo. Recusas-te a fazer de Virgem Maria, inventas para ti um papel com texto. Acabas por ser a ajudante de campo de São José; uma pastora coscuvilheira que descobre que foi um anjo amigo do Menino Jesus quem roubou o ouro, para comprar sapatos aos meninos descalços do Mundo. Os adultos aplaudem, nós estendemos-lhes uma cartola diante do desvanecimento para que nos paguem, só o meu avô se recusa: "O dinheiro não traz a felicidade, crianças." A minha avó paga a dobrar, às escondidas dele, com moedas roubadas às contas da cozinha, que toda a vida aldrabou.

A lareira dessa noite antiga de infância crepita dentro da minha lareira sem lume. Dentro da minha lareira que não arde estamos nós dois, observando a lenha que arde nessa noite sonhada da nossa infância comum. Mais tarde, quando todos dormem, sentamo-nos na escada que separa os quartos da sala, à espera de ver o Menino Jesus descer pela chaminé com o nosso saco de presentes. "Será que Ele sabe que eu estou na tua casa?", perguntas-me. Sim, Ele sabe.

40. Se ao menos pudesse sentar-me nas escadas do amor que me humilhava. Sentir o coração a rebentar na boca, o pavor insolente da paixão. Porque afinal eu amei um homem, um só, como se ama a Deus — com aquela certeza desesperada de que era aquele, e de que nunca me seria possível viver com ele. Perdi o privilégio da desilusão. Se eu vivesse outra vez, meu querido amigo, procurava esse homem de quem tanto mal te disse e atrevia-me a viver com ele até ao fim o amor brutal que não quis. O amor brutal que pertence apenas aos lugares da vida, à química dos corpos. Não posso regressar ao escuro do tempo, ao escuro das escadas dele, em bicos dos pés.

A luz pela frincha da porta, horas a adivinhar-lhe os passos, a tentar perceber se as vozes da casa vinham da quinta dimensão das máquinas de comunicar ou estavam mesmo ali, do outro lado da porta, esperando para investir contra a brutalidade do meu amor. Levava horas ali, no escuro, à beira do precipício, sorvendo forças no ritmo da chuva que caía sobre a claraboia. Procurava-o sobretudo em noites de muita chuva, era como se as tempestades me arrastassem para fora de casa, com os olhos perdidos no meio das lágrimas que transformavam a cidade numa embriaguez de luzes. Depois, às vezes, batia à porta, na esperança de que a surpresa abrisse no rosto dele a imagem do seu amor por mim.

40. Volto a encontrar-te debaixo de um túnel de cedros, no fim dos anos sessenta. Regressei há poucos meses de África, o Alexandre reconstruiu uma casa em ruínas que lhe coubera em herança e convida-me a visitá-la. É o Outono no auge do seu esplendor dourado. O Alexandre resolveu prolongar a casa sobre o riacho que a circunda, e a música da água em cascata invade o silêncio das salas, de granito e madeira clara, desenhadas em degraus desencontrados. A poucos metros da porta principal, uma escadaria coberta por um túnel cerrado de cedros conduz às vinhas, que, nesta época, parecem fogos fixos.

Eu subo a escada, em direção à casa, quando te vejo descer, de mão dada com um homem cujos traços não fixo. Trazes um vestido de ramagens largas, em tons de verde e rosa, um casaco de malha rosa pelos ombros e o mesmo extraordinário laço rosa nos caracóis, agora longos. Sorris-me, e dizes-me: "Ainda não posso ficar contigo, é muito cedo." Quando me volto para te ver melhor, já desapareceste. Não há sinais de ti nem do homem misterioso nas vinhas, que percorro de novo. Nem no pequeno bosque que fica para lá das vinhas. Pergunto ao Alexandre quem poderá ser aquele estranho casal, ele garante-me que estamos sós — eu, ele e a mulher dele.

E nunca mais penso nesse encontro, até ao dia em que te vejo, diante de mim, na aula de História, com um laço azul completamente desadequado (e torto) sobre os caracóis negros. Mas claro que tu não podes ser a criança nem a rapariga que eu recordo. A menos que sejas a reencarnação feminina do Peter Pan. Mas, nesse caso, a tua morte não faz sentido. Sinto a luz do teu sorriso em incisões mínimas sobre a minha pele. Sei que estás aqui — mas porque não me falas?

41. Tu sempre desconfiaste de grupos, de resto. "Rebanhos, um horror!", repetias. Mas eras tão teatral nessa repetição. E eu interpretava-a logo como um pedido de socorro. O mundo era um longo S.O.S. no qual eu me comprazia, nisso tinhas razão. Já que não escrevia livros nem moldava estátuas, ao menos que deixasse a minha marca na felicidade dos outros. Eu tinha vindo ao mundo para salvar. Mesmo, ou sobretudo, aqueles que não queriam ser salvos.

Salvei-te de quê? Eras um solitário convicto quando te conheci, mais solitário ainda te deixei. Começaste por ser aquilo a que Musil chamaria um "homem do real", apto a acender as possibilidades escondidas nas pregas da realidade. Deslizaste para o território musiliano do "homem do possível", aquele para o qual tudo o que existe, visível ou invisível, tem a mesma gravidade. E isso tornou-te um homem impossível — mais leve do que uma folha ao vento, a folha infinita que todos os Outonos regressa no vento das cidades mutantes.

Viciaste-te nas minhas gargalhadas, viciaste-te até nesses rebanhos alegres que eu arrastava comigo do cinema para o teatro, do teatro para os cafés. A Patanisca e o Falinhas Mansas. Joana, a Louca (que nem se chamava Joana) e os Três Porquinhos, sempre a lamuriarem-se dos lobos que davam cabo dos seus projetos. Nenhum deles sabia destas alcunhas, evidentemente.

Encontraste-nos a jantar à beira-mar, numa noite de Verão, e ofereceste-me um sorriso ácido: "Então, o Jardim Zoológico completo. Só falta o Macaco Velho, ou seja, *moi-même.*" E não aceitaste o convite tímido que fiz para te sentares conosco: disseste que não tinhas paciência para conversas de política ou histórias infantis, que afinal iam dar ao mesmo. Um dos Três

Porquinhos tornara-se entretanto pai, e não achou graça à alusão direta ao seu infante ali presente. Mas era contra mim que falavas — ou será ainda pretensão minha? Eu queria mudar o mundo e os nossos amigos procuravam-me porque queriam melhores empregos, sim. E eu acreditava sinceramente que o que eles queriam era ajudar-me a mudar o mundo. Pelo menos ao princípio. Houve uma coincidência temporal precisa entre a queda do meu Partido nas sondagens e o progressivo silêncio do meu gravador de chamadas. Mas só muitos meses depois elaborei esta associação.

Quando os Três Porquinhos conseguiram finalmente fazer a revista de História de Arte com que sonhavam, chamaram-te a ti, não a mim. E tu, sacana, escreveste um ensaio perfeito sobre a minha Georgia O'Keeffe. Com as melhores ideias das aulas que eu te dei. Depois convidaram-te a fazer uma rubrica semanal na rádio sobre os grandes pintores do século. E tu inauguraste a tua carreira radiofónica agradecendo aos malandros dos Três Porquinhos, evocando a vossa longa amizade como se ela tivesse nascido por obra e graça do Espírito Santo.

O que tu embirravas com os desgraçados dos Porquinhos, ao princípio. Um porque só fumava os cigarros alheios, outro porque ficava sempre com o último leite creme queimado do restaurante, o terceiro porque queria ter sempre a deixa final. E afinal. Cão. Cão feio mau e raivoso. Deixa que te diga tudo, agora que já nada te posso dizer. Porque eu não era capaz de te ver igual aos outros, e passei o resto da minha vida a apagar da fita essas cenas que te estragavam a estética. Deixei de te telefonar para poder amar-te como dantes, fazer de conta que te tornaras invisível mas continuavas ao meu lado. Cão sem dentes. Só agora te faço falta. Quando não conseguia acreditar em ti como amigo invisível imaginava-te doente, muito doente, esquálido. O elegante aroma a charutos da tua casa substituído pelo fedor infeccioso das pestes — e tu, agonizante, ressuscitavas na repetição do meu nome. Deus existe, não vês? Vingou-se deste meu camiliano engodo.

Fica-te bem, esse roupão que te comprei — lembras-te que fui eu? Adoeceste uma vez de verdade — não muito, apenas o suficiente para ficares a latir por mim. Nunca conheci um homem que ousasse combater uma doença sem o amparo de uma mãe. Nessa época, já não me telefonavas todos os dias. Suplicaste-me, numa gota de voz, que eu fosse comprar-te um roupão quente, antes que a gripe acabasse de te comer o calor vital. Só agora reparavas que não tinhas nenhum. Não usavas, nem no Inverno. E lá fui eu, nessa chuvosa tarde de Abril, em busca de um roupão de pura lã (tinha de ser assim), de preferência num xadrez azul e verde, à inglesa.

Levei três horas a procurá-lo — as lojas já só tinham roupões frescos, para o Verão que se anunciava — mas consegui. Atravessei depois a cidade em sentido contrário, por minha iniciativa, para te comprar uns pastéis de massa tenra acabados de fazer, laranjas do Algarve e maçãs bravo esmolfe — porque tu não comias outras. Esqueci-me da chave da tua casa.

Toquei à porta e surgiu-me um amigo desconhecido. Um homem da tua idade, mas ainda mais alto e quase mais belo do que tu. Considerei-o imediatamente amigo, porque acreditava naturalmente que todos os teus amigos faziam parte de ti, do encanto que eu tinha por ti. Coisas que me ficaram do liceu, tardes em escadas com os cabelos loiros da minha maior amiga entre os dedos e a cabeça no ombro de um rapaz que gostava dela. No entanto, esse meu amigo desconhecido olhou-me com desconfiança e disse-me que tu não me podias receber, porque estavas doente. Voltei a sorrir, ostentei os meus tesouros, expliquei que vinha precisamente tratar de ti, dobrei-me e entrei por baixo da cancela fechada do braço dele.

Tu queixaste-te da cor do roupão (de xadrez azul e preto, em vez do verde que tinhas encomendado) e dos pastéis, por estarem quase frios. Acusaste a minha demora e continuaste a debater com o teu amigo a diversidade das interpretações de Bach. Depois mandaste-me flores, com um breve pedido de desculpas. Mas eu não queria as tuas flores. Pois se nem sequer estava morta.

41. Não sei se foi a doença da eternidade, que sempre acaba por atacar aqueles que gostam de História — mesmo os de tipo irónico, como nós —, que nos desacertou os relógios. Tu ainda te esforçavas por cumprir vagamente horários. Esforçaste-te cada vez com mais ardor, quase conseguiste tornar-te uma mulher pontual. Percebeste que os que chegam a horas tendem a ser respeitados. E o respeito era uma das tuas obsessões. O respeito é, de resto, uma das armadilhas em que as mulheres se deixam apanhar. Se querem subverter a ordem macha instituída no mundo, não seria melhor começarem por lhe sacudir a organização do tempo? Daquela vez em que levaste um ralhete público, diante das câmaras da televisão, por teres chegado atrasada à votação das Grandes Opções do Plano, não teria sido preferível um encolher de ombros régio e desdenhoso, em vez das desculpas balbuciadas que apresentaste?

Tu soubeste aparecer-me antes sequer de teres nascido, catraia. Em geral, atrasavas-te ainda mais do que eu, porque tinhas sempre uma infinitude de coisas para fazer, e não te resignavas a aceitar a duração de cada hora. Faltou-te a experiência da guerra. Como a mim me falta, se calhar, a experiência da guerrilha dos dias, linha a linha, alfinetada aqui, remendo acolá, essa luta de manutenção que mantém ao longe o cheiro da morte.

Sou um velho, já o era quando me conheceste. Mas nunca reparaste nisso. Canso-me com facilidade. Se não fosse a sede de saber dos meus jovens criminosos, já nada me interessaria. O meu corpo afasta-se de mim, quase nunca responde às minhas inquietações, desliza para a horizontal da terra. Tinha medo que a minha pele começasse a cheirar-te a ranço, que a dentadura me caísse na sopa. Que aparecesses só um domingo por mês no lar, onde eu estaria, sentado numa cadeira de rodas, à espera que tu viesses jogar às cartas comigo. Os velhos da minha idade emigram para as anedotas do tempo em que foram felizes, no mato da guerra ou nos berlindes da infância.

Enquanto tu estavas viva, mesmo nesses anos derradeiros em que já só éramos a memória do que tínhamos sido, eu alimentava-me das peripécias da tua vida. Da troça, do sarcasmo, da raiva eufórica de ver a minha Mestra tropeçar nos degraus de fundo falso do Poder. Era tão teu amigo que era também o teu inimigo mais assanhado — sempre à espera de mais e melhor de ti. Frouxo inimigo, pobre querida, que nem soube manter-te viva.

Se ao menos eu tivesse a certeza do nome do teu assassino. Algo me diz que foi aquele seráfico rondador de incautas, com ar de osga morta, no soalheiro dos muros, atraindo qualquer mosca tonta. Aquele Adónis de subúrbio que te seduziu a ti e à Flor enjeitada do departamento. Não me lembro de o ter visto no teu funeral. O Pascoal é que me soprou qualquer coisa de um amor antigo, que não quis ouvir para não me compenetrar de que já não era o teu confidente.

Mas em questões sentimentais, tu eras de uma previsibilidade metereológica. Se um namorado te empalitava, tu procuravas outro, já requentado, para lhe esquecer o sabor. As tuas saídas eram regressos ao passado, sempre, e os teus homens apenas mortos adiados que te esgadanhavas a ressuscitar. O teu Deus fez-te com alma de coveira. Provavelmente chamou-te cedo para que O ajudasses a ressuscitar os mortos do lado de lá. E deixas-me para aqui, neste trabalho de detetive inglório — à espera que a morte venha resolver o meu caso?

42. O teu sono comove-me. Quem sou eu para me comover? A tua respiração na luz verde da madrugada. Abro incandescências nos teus sonhos — sempre os conheci melhor do que tu. Pelo menos, acreditava neles — na tua capacidade de seres esse sonho de ti. A ti, falta-te Deus. O Deus coxo que me criou, esse Deus de que te rias demasiado. Pobre ateu aflito — perdoa a redundância. Ri-te, que Deus é riso — desde a explosão inicial do mundo ainda não parou de rir-Se da Sua trapalhice.

Olha para ti. O corpo coberto de uma penugem branca. De perto pareces uma floresta queimada. Ressonas. Não soas exatamente a Bach. A boca escancarada, um fio de saliva molhando a almofada. Seis dentes brancos de plástico, mais uma infinidade deles chumbados a negro. A carne flácida em redor do umbigo, subindo e descendo ao som da música cava do teu sono. Os dedos amarelados pelos cigarros, os olhos desaparecidos atrás do sono. Sobrancelhas hirsutas, desalinhadas. Os cotovelos fazem pregas. Quatro pontos negros grandes em volta do nariz. Uma clareira na nuca. A intimidade esburacada da tua beleza.

Zangavas-te quando eu deitava fora as pilhas de revistas velhas que atravancavam a sala. Deixavas o lavatório cheio de pelos de barba. Declaravas que ias pôr a mesa e depois sentavas-te a ler o jornal. Dizias: “vou já descer” e eu ficava sentada no táxi, a ver o contador avançar, e a imaginar-te a escolheres o casaco com toda a calma do mundo, ou a fazer um último *zapping* na televisão.

Vivíamos os dois literalmente fora do tempo, sim. Uma vez combinámos encontrar-nos às oito para jantar, ao lado do cinema, e aparecemos ofegantes às nove e um quarto, em simultâneo, na bilheteira. Mas tu nem sequer te esforçavas por deixar de ser assim. "Deu-me um trabalhão aguentar a guerra, não estou para viver em disciplina militar", dizias. Se não abrisses esses álbuns de fotografias, se não relesses tantas vezes as minhas cartas, teria dificuldade em lembrar-me do resto, do imenso resto que era a nossa felicidade.

A capacidade que tínhamos de estar em silêncio, a ler lado a lado por mornas tardes alentejanas. Ou de nos lembrarmos ao mesmo tempo da mesma frase. Ou de, num só olhar, trocarmos um discurso claríssimo sobre alguém. Tu encaixavas toda a gente nos livros do Eça — a Gouvarinho, o Pacheco, o Dâmaso, o João da Ega. O riso que lançávamos continuamente sobre os outros refrescava-nos, antes de mais, a nós. Não podíamos ser mais queirosianos, exigindo ao país todas as excelências, refastelados sobre o nosso repousado umbigo. Quis sair desse impasse — e arrependi-me. A vida pública também não era a solução — isso também já vinha nos livros do Eça.

42. Porque é que toda a gente quer à força fazer-me feliz? Recebo avisos sucessivos: se não sair de casa, se não me despir do silêncio que tu me deixaste, se não aprender a esquecer, todos se esquecerão de mim. Ficarei sem amigos, sem uma chávena de chá na longa noite da velhice moderna, sem o calor humano que não soube merecer. Ora eu estou-me nas tintas para os calores merecidos. Ao contrário do que por aí ouço, a amizade não se merece.

O amor sim: engordamos dez quilos, perdemos os dentes, fornicamos cem vezes e lá vai o amor a voar pelo céu, rumo a paisagens mais aprazíveis. O amor é um assunto de pesos e halteres, plumas e encadeamentos — oh, que bem me lembro. Uma trabalheira de flores e poemas, ausências estudadas e presenças enigmáticas, o *remake* infinito da história do Capuchinho Vermelho. As decantadas descobertas do amor pareceram-me sempre pura ginástica da imaginação. Vantagem suplementar: quando o amor falha, a culpa é do Destino — esse mordomo circunspecto que o teu Deus manda. De mangas de alpaca e com os bolsos cheios de papelada oficiosa para preencher em caso de divórcio: livros para mim, discos para ti, a loiça que ficou por partir divide-se ao meio, e já está. O Destino encaminha os papéis e arca com as culpas, a nossa fraqueza sobe aos céus a bom recato, e mandam-se descer mais uns cupidos para que o bailado prossiga.

E todos os erros se encostam ao lombo curvado desse Destino vago e mudo, agora talhado na estética negra das espirais. Os do Amor justificam-se, evidentemente, pela sem-razão que o inspira — como se o Amor não nascesse e morresse sempre em razão do tom de uns olhos, da curva de uma cintura, da química específica do sexo. Os erros que sobram do Amor atribuem-se à Amizade. Esses, estendem-se pelo mundo em geografias de partilha ou antagonismo. E justificam-se pela incapacidade humana de discernimento num universo desertado pelos deuses e demasiado confuso. Acabamos por considerar o erro como um destino. Atingimos assim os cumes em que boa consciência e má vontade se unem para nos manter imóveis perante todas as atrocidades. Mas quem quer cansar-se a ouvir falar do mal e do bem, quem quer comprometer-se até à morte com os defeitos e qualidades de um outro, apenas em troca desse nada imenso que é a Amizade?

Por que te escolhi? Por que estaria ao teu lado em todas as ocasiões? Apenas porque ambos acreditávamos no poder transformador de cada ser humano sobre a terra — apenas isso. Essa escolha ética essencial empurrou-nos um para o outro. Mas a permanência dessa escolha para além das descobertas infaustas do quotidiano, eis o que já não tem explicação. Que tivéssemos nascido do mesmo lado da ponte das escolhas fundamentais não explica tudo. Porque há, apesar de tudo, uma multidão ao nosso lado. Há uma multidão de vozes uníssonas em todos os territórios da ética concreta onde se escolhem os amigos. Eu escolhi-te, sim, por causa de uma ou duas afinidades essenciais — mas essas afinidades não explicam toda uma história.

Se um dia tu começasses a defender ditaduras, a apagar rostos de fotografias ou a relativizar o valor da liberdade, eu não conseguiria continuar a chamar-te amiga. Ainda assim, arranjaria maneira de envolver essa tua mudança no manto da doença, procuraria — eu, que não acredito na psiquiatria — um psiquiatra que te tratasse. Mas se, sem abjurares do nosso credo fundamental, tu matasses, traísses, roubasses, eu testemunharia, de olhos lavados, a tua inocência.

Em África, vi muitos rapazes incorruptíveis cometerem crimes por pavor, lançarem bombas de costas voltadas para a morte, comprarem mulheres por causa do silêncio das namoradas distantes.

E esses eram exatamente os mesmos que se lançavam à frente dos mais novos, para os protegerem das emboscadas. Ou que entravam por palhotas em chamas porque ouviam vagidos. Vi a que ponto brilha a bondade humana, no meio do horror criado pela sua natureza. Vi a merda de que sou feito, nesse momento em que parei para descansar e o meu companheiro de pelotão rebentou na mina que devia ser para mim.

Vi também a traição, depois da guerra, exercida a frio, com gestos de rotina. Nos tempos do célebre Processo Revolucionário em Curso, por exemplo, morreu o pai de um dos meus camaradas de armas. Esse pai, que não cheguei a conhecer, fora, ao que parece, um obscuro defensor de Marcelo Caetano. Pois o filho, à beira do caixão, entendeu fazer a crítica veemente do pai, apontar-lhe os podres e ampliar-lhe as falhas. Os camaradas políticos desse meu companheiro de guerra aplaudiram aquilo a que eles chamavam justiça imparcial e que me soava só a ingratidão. Assim me afastei, no fim desse funeral e para sempre, dos revolucionários em curso — que, de resto, rapidamente mudaram de linha para apanhar os melhores lugares nos comboios da contrarrevolução.

Sei que estavas ao meu lado nesse cemitério, no minuto em que, debaixo de um sol esmagador, deixei o meu colega a insultar o pai que descia à terra. Sei que estavas ao meu lado, embora tivesses só treze anos e eu fosse já um velho — como os teus pais, que corriam já para a morte. Vejo-te, de pastilha elástica na boca, jogando à apanhada com os miúdos da tua idade — e já eras a minha amiga.

Custa-me não te ver envelhecer, custa-me que já não possas saber que te amaria da mesma maneira. Desdentada, tonta, enrugada — a minha amiga. Aquela que nascera com o grau exato de inclinação do riso. A minha cúmplice, mesmo contra nós dois.

A nenhuma outra mulher amei assim. Deslumbraste-te um bocado, o champanhe do poder subiu-te ligeiramente à cabeça — mas nunca caíste no círculo vicioso da má-fé. Soubeste manter sempre essa inocência que permite à boa vontade o trabalho do impossível.

43. Se eu não andasse tão obcecada com aquilo a que tu chamavas a vida pública, talvez me tivesse apercebido desse ser novo que nascia num sítio errado de mim. Nunca percebi que estava grávida — as grávidas que conheci mencionavam outro tipo de sinais: um desassossego de enjoos profundos e apetites repentinos.

Algumas, do género espiritual, juravam que se sentiam grávidas mal acabavam o trabalho da concepção. Diziam que os orgasmos produtores de crianças tinham uma qualidade especial. Parecia-me extraordinária esta crença no poder fertilizador do prazer. A ser assim, como se teria a Humanidade reproduzido até ao século XX, nos tempos em que o orgasmo feminino era uma heresia — ou, na melhor das hipóteses, um segredo bem guardado? Além de que, a ser assim, eu já teria um rancho de filhos.

Mas estas teóricas zen falavam de uma paz interior imediata, de uma sabedoria instantânea que lhes acudia ao útero mal a obra estava concluída. Será escusado dizer-te que as tais filósofas da intuição me deixavam muito desconfiada. Lembrar-te-ás decerto da Lígia, minha colega de Sociologia, que tinha um consultório de tarot e reiki, definia-se como pacifista absoluta e passava a vida a tentar educar-me. Achava-me demasiado competitiva, explicava-me que eu desperdiçava os meus "dons de mediunidade", que me deixava levar por um pragmatismo boçal. Uma vez ficou muito enervada comigo porque eu lhe disse, num debate público, que estava muito agradecida aos ingleses por não terem dado a outra face ao Hitler. No seu entender, bastava que não retorquíssemos às investidas dos agressores para que o universo mergulhasse numa harmonia perpétua.

Porém, quando o marido a trocou por outra com menos quarenta quilos de pacifismo, este anjo de bondade contratou um advogado feroz para lhe extorquir todo o dinheiro que ele viesse a ganhar na vida. A bem dos filhos, claro — duas crianças de oito e dez anos que levou ao tribunal em lágrimas, para que confirmassem a perfídia do pai. Zangou-se comigo porque eu me recusei a testemunhar contra o traidor — e aproveitei para puxar do meu melhor pragmatismo para lhe dizer o que pensava das mães que viram os filhos contra os pais. Tu dizias que eu não sabia viver, que deveria abster-me de dizer tudo o que pensava — mas amavas-me, amas-me ainda por causa da minha decidida distração dessas e de outras conveniências.

Engravidei pragmaticamente, e nem dei por isso. Uma semana antes de morrer senti dores violentas no ventre, e não liguei. Respirei fundo e pensei que era uma simples consequência do stress em que eu andava, porque todos os meus projetos pareciam votados a morrer no fundo do baú do meu grupo parlamentar.

Mas estávamos no início de Março, o mês em que políticos e jornalistas se interessam pelas mulheres, e eu tinha uma sucessão de convites de Câmaras Municipais para fazer conferências sobre a situação das mulheres portuguesas. Aceitei todos. Aceitei com particular gáudio os convites das Câmaras que não eram do meu partido. Provava-lhes, assim, que eu não valia só pela bandeira, como eles me queriam convencer. De modo que não liguei àquelas guinadas súbitas que me mordiam as entranhas como uma alcateia.

Dois dias antes de morrer comecei a ter hemorragias — mas estava no interior da Beira, e pensei apenas que tinha de ir ao médico quando voltasse a Lisboa. Sentia-me também vagamente culpada porque o Pascoal, sempre meu amigo desde os tempos do liceu, quisera encontrar-se comigo antes de eu sair para o meu périplo autárquico, e eu despachara-o em três tempos. Já não o via há uns seis meses, o nosso encontro podia esperar mais um mesito. Disse-me que se separara do Augusto, mas não era sobre isso que me queria falar.

Como é que eu não fui capaz de desmarcar uma simples conferenciazita, à qual assistiriam meia dúzia de gatas, mais para entreter a solidão campestre do que outra coisa, para acorrer a um amigo em emergência sentimental? Em que me estava a transformar? Acreditei, vê lá tu, que aquelas dores insuportáveis eram um castigo de Deus. Preferira a vaidade à amizade — por muito que tapasse este fato com os afáveis veludos do altruísmo, essa era a verdade. O Pascoal voltou a telefonar-me, com uma perturbação inédita na voz, estava eu algures no Ribatejo. "Interrompe essa gaita, vá. Preciso mesmo de estar contigo. Tens a certeza que estás bem?" Não lhe falei das dores para não o preocupar. Podia lá imaginar que tinha uma gravidez ectópica? Sabia lá o que era uma gravidez ectópica?

Não, não tiveste culpa, Pascoal. Alguém tem culpa do que não acontece? De quem foi a culpa do desejo torrencial que me sorvia para o forro da pele desse amante que nunca foi meu? De quem foi a culpa dessa intimidade carnívora que nos empurrou para o silêncio do gozo antes mesmo de nos conhecermos? Talvez a culpa fosse apenas da nossa desajustada desatenção ao corpo.

Encontrámo-nos no Frágil, teria eu vinte e ele vinte e oito anos, e éramos praticamente os únicos seres não dançantes ali presentes. A mim parecia-me ridícula aquela multidão de pavões, movimentando-se de forma estudadamente sexual. Talvez fosse injusta, quase sempre o somos quando nos detemos nessa frieza clínica de observadores. Mas não me sentia apta a viver como simples testemunha do meu corpo, a adotar um estilo de vida corporal, feito de saúde vigorosa, ginástica, rituais de traje e movimento — ou seja, estava fora de moda. Como ele, curvado sobre o bar, bebendo e fumando cigarro atrás de cigarro, observando. Praticamente não falámos. Os meus olhos ficaram presos à boca dele. Lábios grandes, polpudos, quase obscenos de imobilidade. As conversas de engate que circulavam em torno do bar provocavam-lhe um esboço de sorriso que se refletia em mim como num espelho.

Voltei ao Frágil uma semana depois. Na terceira semana saí atrás dele, ainda sem lhe saber o nome. Só quando acordei, na manhã seguinte, me perguntou:

— Como te chamas?

Disse-lhe que já nem sabia o meu nome. Esse género de coisas que só se dizem aos vinte anos, embora continuem a existir no tempo maduro em que cada palavra se mede. E então ele disse-me imediatamente o seu nome completo, num aviso. Não podíamos agir como se estivéssemos perdidos. A perdição estava-lhe inscrita no sangue, mas não na vida. Saiu e deixou-me na cama.

Aos quinze anos sonhava com o tempo do fim do medo, da grande claridade. Pareciam-me assim os adultos — gente que não tinha medo do dentista, nem exames para ultrapassar, nem dificuldade em reconhecer pelo cheiro o amor fraudulento. Afinal, esse tempo não existia. A obscuridade cresce conosco, a única diferença é que alguns de nós aprendem a fazer de conta que nada tem importância, ou a considerar todo amor como filho finito de uma prodigiosa fraude.

Não foi o meu caso — Deus não me deixou descansar o coração. Nunca consegui ver nuvens nas nuvens e relva na relva da minha infância. Nunca consegui deixar de indagar a Coisa Primeira e ainda não sei separar as partes do Todo. Saiu e deixou-me na cama, o homem que Deus mandou para me matar. Encontrámo-nos assim pelo resto da vida. Quando não o encontrava, sentava-me à porta dele — era impossível perceber se ele estava ou não em casa, morava numas águas-furtadas recuadas.

Da primeira vez, gostou da surpresa. Da primeira vez que me encontrou sentada na escada, que na realidade era talvez a décima vez que eu ali estava, na rua escura, com os pés gelados e uma alegria desesperada de criança em risco. Riu-se, fez-me uma festa na cara, pegou-me na mão e conduziu-me pelos degraus. Da segunda vez, franziu as sobrancelhas numa reprimenda, mas os olhos continuavam a rir-se-lhe. Não me pegou na mão, mas perguntou-me se queria subir. Da terceira vez deu meia-volta e foi apanhar um táxi um quarteirão abaixo. Entre a segunda e a terceira vez eu cometera um erro fatal: apresentara-o a uns amigos meus, no Frágil. Saíra a correr depois das apresentações. Então desisti dele.

Três meses depois encontrámo-nos à porta da universidade. Disse-me que se desencontrara de um amigo e convidou--me para um café. Chegávamos sempre a um ponto em que eu queria entrar no seu quotidiano e ele fugia. Batia com a porta da casa dele. E bati-lhe também, algumas vezes. Abandonei-o para sempre umas quatro ou cinco vezes. Não sei como é que ele fazia para tropeçar em mim sempre que as minhas relações normais estavam a entrar na normalidade absoluta, ou seja, na morte.

Uma noite, entrei no Frágil e ele estava a derramar o seu sorriso envenenado sobre os andaimes da alma da Florbela, uma boa rapariga a quem Deus pusera uma varinha mágica de bater sopas no lugar do cérebro, provavelmente para lhe tornar a vida mansa como um puré. Sem grandes resultados — Deus também gosta de Se enganar, de outra forma não teria feito do mundo essa espiral de enganos que nos poupa o tédio.

A simples Florbela passava os seus dias a lamentar-se sobre a complicação da vida. Tudo, para ela, era complexo: torneiras, namoros, computadores, o menu do almoço ou a mais simples conversa. Perguntava-se-lhe se estava tudo bem e ela franzia a testa, interdita, a avaliar a densidade da pergunta. Só tinha duas certezas por detrás daquela testa franzida: a de que era bonita e a de que os homens, em geral, gostavam de ir para a cama com ela. Mas mesmo estas eram certezas desgarradas, incomunicantes entre si. Eu conhecia bem a Florbela, porque ela fazia de secretária do meu departamento. Acompanhei-a em muitas saladas de fruta — a base da alimentação da Florbela. Sempre que estava muito muito muito apaixonada ou muito muito muito angustiada — e às vezes as duas situações acumulavam-se-lhe nos sentidos, o que era uma grande grande grande complicação para a Florbela — ela aparecia, suplicante, sobre o meu ombro: "A doutora não quer vir comer uma saladinha comigo?" De modo que na manhã seguinte à da tal noite em que eu a vira sair, embasbacada, com o meu amante, a Florbela arrastou-me para uma das suas urgentes saladinhas. Contou-me como o meu amante levara horas a beijar-lhe os dedos, um a um, com a língua mais lenta e úmida deste sistema solar. Contou-me de que formas a virou e revirou, e quantas vezes a levou ao lume, e quanto tempo demorou cada um dos êxtases dele. Desbastou uma floresta inteira de pormenores e depois rematou, no cume do seu orgulho radiante, o silicone dos seios quase a explodir do decote dadivoso, lambendo a taça da salada — ela lambia sempre a taça no fim da salada:

— E ele logo à tarde vem buscar-me à Faculdade.

O nojento. Pedaço de maçã enegrecida — a quem julgava ele que envenenava? E eu ali, tão inteligente, tão simpática, tão doutora, acarinhando a paixão festiva da fada Florbela, que tinha uma varinha mágica no lugar do cérebro e transformara em papa o mais interessante obstáculo da minha vida. Nessa tarde, faltei às aulas. Disse que me sentia mal, e a Florbela ficou cheia de pena: queria apresentar-me o namorado. Nunca te contei isto — seria demasiado humilhante repeti-lo, mesmo à outra metade de mim. Tu conhecias a Florbela, e eu temi que deixasses de gostar de mim se soubesses que nos deixáramos fascinar pelo mesmo homem.

E que, para cúmulo, ele preferia a frugal Florbela. Imaginava-te o riso mau escalando as pregas de um desdém inamovível. Além de que estava demasiado triste para desabafar.

Nunca consegui encontrar o campo de travagem da tristeza. Morri muito para não morrer. Na tristeza encontro ainda o bafo reconfortante da vida. Já não sei o que é ter frio, nem calor, nem dor — mas permaneço triste, por isso existo. Preciso de trabalhar as tintas das minhas mortais tristezas para atingir uma melancolia abstrata. Preciso que essa abstração te preencha os poros — preciso de te habitar, de te moldar, barroco coração cubista. A tristeza impede-me de acabar de morrer — toma, douta, ajusta ao teu sangue o pudor impudico do que fui. Que te lembres dos meus contornos claros, não chega — toma o lixo infantil que não te dei, as lágrimas manchadas pelas dedadas do meu coração de chocolate. Come-as, deixa-me morrer dentro de ti — deixa-me escolher morrer dentro de ti, porque só essa morte me falta.

Adolescente rejeitada no auge da minha doutorice, precisava de deixar de ver a Florbela — também por isso me lancei na política, imagina: por ter sido involuntariamente humilhada por uma amável pobre de espírito. A glória de Deus não desdenha os mais ínvios atalhos — e se não te agrada a invocação divina chama-Lhe, neste caso, Povo, que vai dar ao mesmo. Passei a ficar cada vez menos na Universidade. Alegava que me dava mais jeito trabalhar em casa, em silêncio. Deixei de frequentar a tal discoteca. E passaram quatro anos.

Só voltaria a vê-lo poucos meses antes de morrer, numa destas galas de beneficência a favor das vítimas da sida. Fingi que não o vira, e ele aproximou-se, sorrindo, de mão estendida: "Não se recusa um aperto de mão a um pobre eleitor, pois não?" Filho da mãe, rosnou-me o lado A do miolo. Mas já o lado B latia: terá mãe, este anjo mau? Porque é que o destino me põe este sorvedouro na mesa? Veio cá de propósito para me ver? O instinto de sobrevivência mandava-me logo acreditar que o abundante servidor de Florbelas, no fundo, no fundo, só nascera para me ressuscitar.

Desta vez exibia-se em versão loquaz. Casara mas — não te rias, não te rias — estava a ponto de se separar. E eu fui nesta arqueológica conversa? — perguntas. Não. Mas queria voltar a estar com ele, entregar-me e vomitá-lo numa vingança florbélica. Ou seja, queria nadar no azul desse mundo paralelo de que só ele parecia ter a chave. Peguei-lhe na mão e trouxe-o para casa. Saiu de manhã mas não me deixou só. Plantara-me a morte no lado errado do corpo — e a minha ala mediúnica não me avisou, pragmática imprudente que eu era.

43. Não perdoavas a facilidade do meu perdão. Perdoei à Lia o mal que te fez. Perdoei a um velho e desesperado amigo meu essa carta falsa com que tentou separar-me de ti. Imperdoáveis infâmias, bem sei — mas não foi do imperdoável que nasceu a necessidade do perdão? Se te lembrava esta evidência ontológica, ficavas uma fera: era o que faltava, receberes lições de catequese de um ateu. E eu ria-me, e perdoávamo-nos uma vez mais. Às vezes parecia-me que procurávamos zangas só para termos o prazer desse regresso à intimidade — nisso a nossa bravura não se distinguia da persistência guerrilheira dos velhos casais. Que me invectivasses a moralina, ainda vá. O que eu não suportava era que me dissesses que eu me dava bem com toda a gente por interesse social. Porque era uma injustiça, e tu não te davas conta disso.

Quando muitos começaram a bichanar que a tua entrada na política te tornara um ser de estratégias e interesses, eu torcia-lhes as línguas venenosas com o canto dos teus feitos e glórias. Nunca, nem por um segundo, a tua conversão ao *tailleur* de saldo e ao secretariado para todo o serviço me cegou para o que tu eras.

Eu gosto das pessoas com um carinho de entomologista, se quiseres. Ou com a piedade dos ateus, que são os mais capazes de aceitar a falibilidade humana. Saber que o céu não me protege ajuda-me a entender os meus confrades de desproteção. Perdoei a um infame a infâmia de querer o privilégio da minha amizade. O que talvez não saibas é que não me perdoei a mim mesmo o mal que pensei de ti, por causa dessa carta ignominiosa.

Devia ter percebido de imediato que tu não podias ter escrito aquilo, claro. Mesmo que a letra fosse igual à tua, como era — eu sei. Mas é difícil acertar no grau perfeito de fé — sobretudo quando essa fé se exerce apenas sobre a contingência. Saber que todos nós somos capazes do melhor e do pior serve para amar até ao último cartucho mas não serve para acreditar no bem permanente. Que tu eras o mais permanente dos meus bens, só agora o descobri — e esse saber novo te agradeço ainda.

Porque tu morreste, experimento pela primeira vez o sopro da eternidade — acredito agora que há um lugar do lado de lá onde tu me esperas. Não sorrias — não é ainda a Fé. Esse lugar de mortos, vejo-o como planície de cinzas. Um sítio largo onde habita a melancolia dos que se recusam a largar a vida, como tu. Um lugar sem Deus — mas contigo.

E mesmo que esse lugar seja apenas uma miragem do meu desconsolo, a vida sem ti já não me dói. Posso arrastar a perna com gota — não preciso de correr ao teu lado. Posso prescindir das novas obras de génio do cinema, da dança, da música e da pintura — elas ousam existir sem ti. Posso renunciar ao desamor esfarrapado dos meus pais, ao coração esfaqueado da minha mãe, à ausência do meu pai. Toda a tua família já desapareceu. Os nossos amigos parecem-me fantasmas de ti — gente de repente demasiado nova, demasiado viva para a minha saudade de nós.

44. Deixei-me matar por uma criança impossível. O Pascoal não se conforma — se ao menos tu pudesses explicar-lhe que a culpa foi só minha. Fugi do hipotético desgosto da sua separação do Augusto — cada vez mais amiga do mundo, cada vez menos amiga de alguém. Esforçava-me por endireitar o mundo, viciava-me na minha boa consciência planetária — nos aplausos, nos poucos aplausos reais e no oceano de aplausos futuros que me esperavam. Refugiava-me na Grande Ação, não me apetecia confrontar-me com alguém que pudesse passear-se nas artérias arcaicas da minha juventude.

Conheci o Pascoal no ano em que os meus pais morreram, e ele perdera o pai três anos antes. Falávamos tanto um com o outro que começámos a trocar de pesadelos: ele via os meus pais gritando enquanto o automóvel rolava pela ribanceira, eu via o pai dele a sufocar, o corpo mirrado a servir de pasto ao cancro.

O meu pai salvou-me duas vezes da morte. O dele nunca o salvara e o Pascoal achava que havia nisso um mau presságio. No Pascoal, o rigor da ciência e a exatidão dos presságios valsavam como debutantes aplicados. Tu achava-lo um “lírico” — sim, bem sei que não tens preconceitos contra os homossexuais, mas acabavas sempre por os considerar diferentes. Ou talvez, no caso específico do Pascoal, te incomodasse a excessiva semelhança entre vós — porque o Pascoal era um erudito conservador, como tu. Precisava de ordem, da sua música, e de sentir que a História se movia em círculo, para dormir descansado.

O Pascoal nunca engolira dois rebuçados juntos, aos três anos, como eu — o meu pai sacudindo-me com firmeza, pegando-me pelos pés e sacudindo-me com força até que os rebuçados caíssem no chão, sacudindo-me e ralhando às mulheres que gritavam ao seu lado, a minha mãe, a minha avó — não veem que só atrapalham a miúda, mulheres egoístas? O meu pai subindo devagar ao telhado onde eu me empoleirara não sei como, tenho cinco anos e sinto os dedos ceder, demasiado fracos para sustterem o corpo suspenso no vazio, a voz espantosamente calma e meiga

— aguenta-te só mais um bocadinho, minha querida, que o pai vai já buscar-te.

O abraço do meu pai, depois, muro compacto contra a fúria nervosa da minha mãe

— chiu, chiu, já passou, a mãe não te bate que eu não deixo.

O meu pai que me dava bofetadas por tudo e por nada, até ao dia em que eu decidi ignorá-lo, fazer de conta que aquela bofetada nunca tinha existido,

— A mãe passa-me o sal, se faz favor? — e no entanto amava-me, e eu amava o amor dele. Amava o amor dele na minha mãe, um amor apodrecido, com a consistência pastosa das coisas demasiado triviais. Debatiam-se naquele amor como se quisessem livrar-se dele e quando chegavam à porta de saída recuavam. Em certos dias pareciam odiar-se, agigantavam-se em recriminações, atiravam coisas pelo ar, gritando ao desafio.

Raramente conseguiam amar-se em simultâneo; parecia que só na raiva se sincronizavam. Tinha pena dele, quando o via adejando em torno dela como um pardal caído do ninho, pedindo-lhe vinte opiniões por minuto, dando-lhe palmadas nas costas, cercando-lhe o corpo com beliscões e cócegas, na improvisação tosca dos analfabetos sentimentais, que eram quase todos os homens daquela geração. Criados para a guerra, educados na cegueira transparente de matar, amputados nos órgãos de amar. E a mãe que me restara do amor amarrotado dele passava-me o sal.

44. Se ao menos eu tivesse o desconfortável consolo de um filho. Um filho da tua amiga Teresa, por exemplo. Julgavas que eu encanitava com a rapariga, não era? E tinhas razão: só não embirrei mais ainda com ela para não ter que deixar de embirrar contigo. Ofereceste-me tantas mulheres, e só me interessei por aquela que seria tabu para ti. O teu alter-ego. A tua irmã. Irmã da minha irmã — oh, delicioso incesto! Gosto da tua Teresa vaidosa e refilona, apesar das suas unhas verdes e dos seus vestidos estridentemente económicos. Sonhei muitas vezes com a textura dos seus seios de adolescente, sabias? Demasiado perfeitos; ou talvez por isso mesmo, que a imperfeição humana também cansa. Pelo menos os velhos.

A Teresa em constante remodelação de exteriores por revolta para com os seus desabrigados interiores. A Teresa que te admirava mais do que tu própria alguma vez serias capaz — deste por isso? E que ralhava contigo para te convencer a não sofreres tanto — inocente Teresa. A Teresa que abria os braços a todas as Lias e cães vadios da tua vida — a começar por mim. Eu dizia que lhe faltava *wit*, mais para me compenetrar dessa falta do que para te sossegar. Mas o que faltava à Teresa era malícia, e essa falta fazia dela uma das mulheres mais sedutoras que conheci. Completamente destituída desse picante ocular hoje tão em voga. Penso agora nela como se já não existisse. Porque até a Teresa morreu, desde que tu me morreste. Eras ainda tu quem polvilhava de estrelas o ar em volta dela. Mas eis que a morta Teresa me toca à campainha. Pronta para o prazer da minha surpresa:

— Pensava que também tu tinhas morrido. Mas afinal sorris. Sorris como ela.

— Eu sou ela, digo eu.

E eu rezo-te para que me deixes amar a Teresa com a ternura desempregada que me ficou de ti. Para nada. Porque era para nada que eu te queria — para ficar sentado no diamante bruto da tua alma, e descobrir desse miradouro as luzes residuais da minha vida.

Vejo a Teresa com os teus olhos de morta, incêndios em rescaldo. Ouço-te do interior da minha voz. Palavras calcinadas pela saudade da vida, palavras que choram como cançonetas, palavras enroscadas na música da infância. Caindo ao chão como cristais de janelas, explodindo no ar como balões, foguetes. Ursos estropiados urrando de dor pelo olho de vidro arrancado por amor, para ver de que matéria é feito esse amor quente sem o qual não conseguimos adormecer. A Teresa descalça as sandálias estupidamente altas em que se desequilibra pela vida fora e dança.

— Ela está a cantar. Não a ouves? Ela canta por todos os cantos da tua casa. Será possível que não a ouças?

E eu danço com a Teresa, na minha sala cada vez mais escura, como se tu não me tivesses morrido e eu ainda pudesse usar o teu coração para a amar. Se ao menos o anjo do ciúme pegasse no cabide do teu corpo enxovalhado pela terra e te trouxesse a esta sala em que a Teresa dança nos meus braços. Se pudesses vir arrancar a Teresa ao meu desejo de homem, a este prazer degradado pelas saudades que tenho de ti. No corpo voado da Teresa recordo os teus voos, os voos de outras mulheres que amei. Recordo as coreografias límpidas que usavam para convocar o amor. Aquela jornalista da rádio de quem eu tanto gostava e que, num par de noites de ausência, traí, segundo os códigos femininos estabelecidos, com uma estudante tresmalhada de corpo de manequim — lembras-te? E lembras-te da elegância com que, meses mais tarde, as duas se aliaram para fazer um programa de televisão — que por acaso era uma ideia minha? Lembro-me da tua fúria, anjo ciumento, quando me encontraste conversando placidamente com a rapariga de corpo de manequim, afinal nada tresmalhada.

— Não vês que essa mulher te usou?

Usou-me, sim, Sininho, como eu a usei a ela, como nos usamos todos. A vida consiste nisso mesmo: em que nos usemos, da melhor maneira que pudermos. Usei-te eu como devia? Porque me sobras tanto, ainda?

45. Pelo menos não deixei pais nem filhos — pelo menos não passei pela demência da morte de um filho. A única pessoa que desamparei inconcluída foste tu — e mesmo isso. Se fosses meu filho saberias que aquela carta que te insultava não podia ter sido escrita por mim. Devolveste-ma com uma nota curta: "Exma. senhora, suponho que se terá enganado no destinatário." Não respondi — que resposta pode haver para a infâmia? Todos os nossos amigos comuns se tornaram suspeitos — foi sobretudo isso que não te perdoei. E mesmo depois de saberes a verdade, porque o infame foi apanhado por uma doença má e resolveu lavar os seus pecados, continuaste a protegê-lo. Pediste-me desculpa, mas não quiseste revelar-me o seu nome.

— Não é ninguém de quem tu gostes. Nenhum amigo teu.

E o que eu gostava de ti — o que faço desse sentimento que pode voar com a primeira intriga rasteira? Como pudeste proteger um tipo que andou a rebuscar-te os papéis, a ler cartas minhas para te escrever frases disformes aviltando-me a assinatura? Nem rasgaste essa carta, vejo-o agora. Guardaste-a como prova de amizade dele? Que amizade é essa que precisa de destruir as outras para existir? Eu soube de tudo, muito depressa — não sabes que a maldade voa de jato? Não me quiseste dizer quem era o vil, mas disseste-o à Patanisca, que depois veio dizer-me a mim, na boa intenção de me sossegar. O fel inconsciente das boas intenções.

— Exiges demasiado das pessoas. Queres que os teus amigos sejam perfeitos, e ninguém aguenta essa pressão.

Não, eu não queria que vocês fossem perfeitos. Mas queria que a amizade fosse uma ilha de perfeição nos oceanos revoltos das nossas vidas. Essa ilha que só a Teresa me mostrou, apesar dos seus milhares de defeitos — ou através deles. A Teresa altiva e respondona de que tu não gostas, voz estridente e testa erguida num sinal de paragem proibida — cá vou eu. A Teresa que se deslumbra com qualquer arremedo de novidade — sempre foi assim, como aos 18 anos. A Teresa que gasta em trapos, cremes e plásticas o dinheiro que tem e o que não tem, e gosta de pintar as unhas dos pés de negro ou verde-alface, para teu horror. A Teresa que se despediu da Biblioteca onde trabalhava sob as minhas ordens porque achava que o Diretor estava a pensar nela para me substituir. A Teresa ingénua — o Diretor repreendeu-me várias vezes por a ter escolhido, mas era hábil em seduzir para reinar. E eu nem sequer queria continuar ali — convinha-me aquele emprego pacato enquanto preparava a tese de doutoramento, era tudo. Mas a Teresa gostava de sentir que se sacrificava por mim. A Teresa de paredes insonorizadas, que ouvia os meus mais vergonhosos segredos com um sorriso de amor infinito, sem moral nem compaixão. A Teresa que queria sempre escolher primeiro e ficar com o melhor lugar — no cinema, nas casas, na vida — mas depois encolhia os ombros e não se zangava quando fazíamos troça dela por causa disso. A Teresa que me emprestava roupa e joias, que se me apresentava à porta para me virar o guarda-fatos do avesso sempre que lia no jornal que eu ia aparecer num debate na televisão. A Teresa que me emprestou cama, sono e cigarros em todas as grandes decepções da minha vida, e que nunca deixou nada por dizer.

Se a Teresa tivesse recebido uma carta a insultá-la, com a minha letra, nunca acreditaria que aquela carta pudesse ter sido escrita por mim. Faltava-lhe *wit*, como tu dizias, e velocidade, sim. Porém, foi de uma exatidão de laser em todas as minhas horas de suspensão. Sabia muito das coisas pouco explícitas de que somos feitos, adquirira uma visão radiográfica à força de flutuar entre focos pelas grutas da noite. E eu não podia ouvir-te dizer mal dela — sabia que um dia tu ias fazer-me chorar, e ela ia secar-me as lágrimas.

Como seca as tuas agora, repara — telefonou-te incontáveis vezes, assustou-se com a falta de resposta, e ei-la a bater-te à porta. S.O.S. Depressão — sim, a Teresa que tu achas mole e fútil passa oito horas por semana a atender chamadas de gente desesperada que ela nunca viu, a estancar suicídios, a iluminar este pequeno mundo contemporâneo que tu olhas com tanto desdém. Abre-lhe a porta, vá. Dá-lhe o sorriso que eu te dei. Merece o nosso amor, o amor que te deixo em herança, o amor gasto, oiro velho da beleza que não passa.

— Afinal sorris. Sorris como ela.

— Eu sou ela — dizes tu. E eu começo a olhar para a Teresa com os olhos que tu me emprestas. A Teresa que nunca quiseste ver e que era um bocado de mim. Eu amava todos os teus bocados, amava até esse velho ciumento que te escreveu em meu nome para te afastar de mim. Porquê? Por nada. Para nada. Porque era para nada que eu te queria — descobri em ti a inutilidade refulgente da minha alma. Descobri em ti aquilo que eu era para além de tudo o que ia sendo. Esta amizade não conhece os limites da perfeição ou da desistência. Apenas ecoa, sussurra-nos, entrega-nos infinitamente ao húmus das afinidades inexistenciais. Com os meus olhos que já não são olhos, tu começas a ver a alma da Teresa — aquilo que na Teresa não tem unhas verdes ou negras nem curvas sublinhadas a tesoura. A Teresa tem agora aquilo que te falta e é o melhor de mim, o que eu deixei de ser por tanto querer fazer.

Ouço-te do interior da minha voz, palavras enrugadas pelo tempo, palavras que fazem um barulho de búzio, palavras onde caem berlindes e brilha o fôlego exato dos sopradores de vidros, palavras que recuperam um som anterior ao sentido. A Teresa descalça as sandálias altas e dança no silêncio da tua sala imensa.

— Ela está a cantar. Não a ouves? Ela canta por todos os cantos da tua casa. Será possível que não a ouças?

A Teresa nunca soube distinguir lágrimas e canções, por isso me amava com tanta exatidão. Não me via, como tu, no circuito fechado da montanha-russa da minha vida. Via-me como vê o mundo — nascimento perpétuo, riso e lágrimas encadeados na valentia de entender. E tu danças com a Teresa, na tua sala escura, o passo em nuvem de farófia, o abraço virginal, perdidas as defesas da tua tão primária legislação estética. Ficavas eriçado comigo quando te apontava a intolerância:

— Já te viste ao espelho? Tens essa palavra escrita a vermelho a toda a largura da testa, minha querida.

Sim, tu não toleravas os sinais exteriores de degradação — vozes deseducadas, roupas esdrúxulas, casas exaustas de quinquilharia, unhas pintadas. Mas eu era intolerante com os sinais interiores de capitulação, e essa intolerância era bem mais irrecuperável.

— Com tanta exigência, minha querida, qualquer dia nem comigo falas.

Vês como acertaste? E tu, que falavas a toda a gente, com quantas pessoas tens falado? O pássaro do ciúme esvoaça nessa sala em que a Teresa dança nos teus braços, cantando por mim, iluminando-vos com uma luz roxa, fúnebre, que por acaso até me fica bem. Queria estar no lugar dela, sim, rir-me outra vez nos teus braços — mas é um ciúme leve, apenas um travo da memória do ciúme, quase uma saudade da minha maldade humana.

Detenho-me cada vez mais na revisitação do bem que tantas vezes correu invisível sobre os nossos dias. Por exemplo, o dia em que aquela estudante da lusitanidade com que tu empalitaste patrioticamente a namorada ausente salvou do desespero, e talvez do desemprego, essa namorada que entretanto abandonaras. A tua ex-namorada, que estudava Direito e trabalhava numa rádio, estava à beira de um esgotamento, quando a tua ex-amante, que tinha uma rubrica de Conselhos de Beleza nessa rádio, a encontrou num choro convulsivo. Fora atacada pelo Monstro da Página em Branco, a uma hora da gravação de um programa especial sobre um poeta que acabara de morrer. O editor, vendo-a naquele pranto improdutivo, avisara-a de que tinha sobre a secretária pilhas de currículos de jovens jornalistas ansiosos por lhe tomarem o lugar. E nisto a tua ex-estudante de uma noite sentou-se ao lado dela e perguntou-lhe: "Deixas-me ajudar-te?" Pegou nos recortes de jornais e escreveu tranquilamente a biografia radiofónica do poeta morto, incluindo notas com sugestões de músicas para acompanhar o texto.

Dois meses depois, apresentavam as duas na televisão um programa que eu sabia ser um antigo projeto teu: *Infâncias*, um conjunto de digressões aos primeiros anos de variados notáveis. Corpo de Manequim encontrou-te pela noite do Bairro Alto e perguntou-te se já tinhas visto o programa e se gostavas. Tu puxaste do teu sorriso-guindaste e disseste-lhe que, em geral, o programa funcionava, mas devia talvez alternar os egrégios avós com valores emergentes — as infâncias de jovens atores e atrizes, jovens artistas, jovens cientistas. O jovem Corpo de Manequim lançou o seu sorriso *Comme des garçons* e divagou acerca da sobrevalorização da juventude e do deserto de talentos verdadeiros em que, afinal de contas, vivíamos. Depois disse-te "Com licença" e foi expender os seguintes capítulos da sua Teoria do Sahara ao ouvido de um diretor de um canal concorrente que se aproximara da pista de dança.

E eu fui esvoaçar, risonha, no dorso ramalhudo do pássaro do ciúme. A ave do Diabo, eternamente interposta entre Deus e a nossa fragilidade, com plumagens exuberantes, da cor da Mistificação. Naquela noite, por exemplo, só consegui chamar-lhe decepção. Magoava-me a tua meiguice para com aquela mulher que te utilizara, tu rias e dizias que todos nos usamos uns aos outros, que é essa a beleza da vida.

De fato, numa próxima Curva do Tempo, o Corpo de Manequim está a ser trocado, na montra perdulária do écran, por outro Corpo de Manequim. Nessa ocasião um empresário de imprensa lembrar-se-á de convidar o Corpo Substituído para dirigir uma nova publicação, chamada *Saúde de Sucesso*. Corpo de Manequim Um aceita, anelante por, como leu na revista *Saúde Sempre* e repete agora ao empresário, "desenvolver as suas energias ocultas de liderança".

Mas no conselho editorial das Publicações *Triunfo.com* figura o Corpo de Manequim Primordial, uma mulher que teria sessenta anos se não batalhasse ruga a ruga por se manter nos quarenta, através de expedições periódicas às salas mágicas do seu amigo Cirurgião Fácil. Corpo Primordial foi perdendo alguma memória por força das repetidas anestesias, mas nunca esquece o seu lugar no mundo. Recorda sobretudo o dia em que lhe anunciaram que Corpo de Manequim Um iria substituí-la como *pivot* da Informação no horário nobre.

De forma que agora explica ao dono das Publicações *Triunfo.com*, ex-amante fugaz e amigo eterno, que Corpo de Manequim Um não tem qualquer competência para editar o que quer que seja — nem mesmo uma revista setenta por cento traduzida do inglês, como será o caso desta. Conta-lhe que Corpo de Manequim Um não sabe escrever uma linha; todas as que publicou, com audiências elogiosas, foram na realidade escritas por uma plêiade de bons jornalistas, a troco de serviços íntimos. Acrescenta que Corpo de Manequim Um não sabe o que é cumprir um prazo, diz mal de toda a gente e tem um inglês de praia, encravado no "*I love you*".

O empresário *Triunfo.com* duvida desta torrente de referências calamitosas. Recorda-se de ver Corpo de Manequim Um entrevistando Michael Caine num inglês irrepreensível, e franze o sobrolho. Mas Corpo Primordial insiste: "Não penses que há qualquer má vontade da minha parte contra a rapariga. Quando ela me substituiu, há uns anos, percebi perfeitamente que eram imperativos da estação — o público cansa-se de nós, quer caras novas. De resto, como sabes, continuei muito amiga do administrador do canal. Ainda há meses estive no casamento dele — e era uma cerimónia quase privada, só com cento e cinquenta convidados." Empresário *Triunfo.com* aproveita o atalho: "Ah, casou-se outra vez, não dei por isso."

Corpo Primordial suspira e adianta que, infelizmente, o casamento estoirou — a noiva teve que ser internada, por causa de uma doença mental qualquer, e das graves, quem é que podia imaginar. Corpo Primordial filosofa então extensamente sobre a difícil arte do casamento e o desgosto de ter falhado quanto a esse ponto nevrálgico da sua existência — "logo eu que, como sabes, lá bem no fundo, sou uma sentimental". Empresário *Triunfo.com* entende que está fora de causa contratar Corpo de Manequim Um. Adverte a secretária de que, se essa senhora telefonar, nunca está.

Assim, numa próxima Curva do Tempo, Corpo Um vê-se desempregada. Socorre-se dos livros de autoajuda, onde aprende que em cada crise há uma janela de oportunidade (coisa que, de resto, Empresário *Triunfo.com* também já leu nas revistas de economia de que se alimenta) e mete-se em *castings* para telenovelas.

Quatro Curvas do Tempo depois, será ela a despedir Corpo Primordial Um, para uma reforma compulsiva e solitária, e Corpos de Manequim Quatro e Seis (o Cinco espetou-se entretanto numa outra curva à portuguesa, sem metafísica nem chocolate, e tornou-se paraplégico), que Duas Curvas do Tempo depois se vingarão dela.

45. Se ao menos me tivesses deixado amar o teu filho. Puxá-lo para fora da tua morte e guardá-lo comigo. Dar-lhe talvez a provar o calor dos seios da Teresa. O cabelo dela cheira a relva acabada de cortar — a relva que te cobre, agora. Um cheiro que desde a infância me inunda de saudades da infância.

Muitos vinham de África com o perfume pesado da terra vermelha colado às artérias. Outros nem voltavam; viciavam-se naquele perfume e mandavam ir as famílias. Eu sonhava com o cheiro da relva cortada do meu liceu português. É o cheiro da juventude, do começar das coisas — um cheiro que nem os teus cigarros sucessivos apagavam em ti.

Abraçado a Teresa, sou um valdevinos desgraçado chorando o filho que te matou. Embalo essa criança sisuda, ensino-lhe o teu sorriso no retrato. Mudo-lhe as fraldas, falo-lhe de mulheres como se finalmente pudesse falar sempre só de ti.

Eu era a tua escolha, a vitória intermitente da tua liberdade sobre o campo magnético do teu corpo. O teu amigo — deixa-me entrar na tua morte.

A Teresa aperta agora os meus dedos. Um avião cruza o céu do anoitecer, sobre a cidade iluminada. Estiveste aqui, agora mesmo, e partiste. Falo com a Teresa da falta que tu me fazes. Desfiamos histórias tuas à desgarrada. Não acendemos as luzes, esperamos por ti às escuras. No escuro do escuro do escuro.

46. Já não vingarei ninguém — as Curvas do Tempo esgotaram-se no minuto em que gerei essa criança fora do sítio. Todas as crianças nascem fora do sítio, provavelmente. Jesus provava-me também isso — o seu pai adotivo, doce carpinteiro da mansidão, pôs mais clemência no amor que lhe deu do que o pai autêntico, que era Deus.

Não serão Deus todos os pais? Os tirânicos, os indiferentes, os obsessivos, arrastando-nos através de cordas de sangue, culpa, remorso. Um Deus que matamos quando lhe cumprimos os sonhos. Um Deus que assassinamos devagar quando lhe realizamos os pesadelos.

No vermelho ardente dos quinze anos, a idade em que os pais se renegam e se escolhem, eu já não tinha pais para escolher — apenas a evidência rumorosa de um par de fantasmas na penumbra do corpo.

Tu foste talvez o pai que eu escolhi, o meu amor em cruz — Pai, Filho, Espírito Santo. Não te amei mais nem menos por te ter escolhido tarde, o coração domesticado à força de sonhos interrompidos. Todas as noites da vida que contigo inventei fui rezando para que um anjo te ateasse a alma, um anjo parecido — oh, vaidade do amor — com o puro auge de mim.

Nessa Curva do Tempo em que já não estou há uma criança que me devora devagar. É o amor absoluto, dizem nos livros, não importa o sexo. Então porque o sinto como um réptil que me esmaga corpo e vontade? Então porque me faz chorar o cheiro da terra molhada e a semente da tristeza me devora os ossos e me estala a pele? A criança nasce e tu apareces com um ramo de rosas brancas na mão.

— Posso amar o teu filho?

— No amor não se pede licença. Mas que sabes tu do amor? Se soubesses, limpavas os pés à entrada e já não saías. És um valdevinos.

— O teu filho também é um valdevinos. Tem boca de morango esborrachado, como o pai, e isto sem sequer saber beijar. E os mesmos olhos de carneiro sonso, em matadouro perpétuo. Vai-te dar que fazer. E não te vai amar melhor do que eu.

— O amor só piora com a reprodução. É como a pintura. E não é das boas cores que se fazem os bons pintores. Tu abandonaste-me. Eras a minha família e abandonaste-me.

— Não, eu não era a tua família porque não te cobro juros nem partilhas. E porque voltei, e estamos vivos. As famílias só marcam encontro nos cemitérios. Eu sou a tua escolha, a vitória intermitente da tua liberdade sobre o campo magnético do teu corpo. O teu amigo, se é que ainda entendes a palavra.

— Então muda a fralda ao meu filho, que eu ainda trago as dores de o ter.

E o meu filho para de chorar quando lhe pegas ao colo e lhe beijas a testa. E o meu filho beija-te a testa, onze Curvas do Tempo depois, quando tu morres noutra cama deste mesmo hospital onde não estive. Mas a alteração das Curvas do Tempo fará com que os teus dedos morram entre as mãos da Teresa, com as unhas pintadas de azul.

A Teresa aperta agora os teus dedos como os apertará nesse futuro imediato que ainda parece tão distante de ti. Um avião cruza o céu do anoitecer, sobre a cidade iluminada, como cruzará nesse instante em que respiras pela última vez, com os pulmões esmagados por um autocarro mortífero que não te buscava a ti, animado com essa imagem de mim que te sorri da cabeceira. Sei que estarei aqui, meu querido, com uma réstia de espessura para te servir de Deus, para te dizer que vamos poder recomeçar do zero, passar a limpo os cadernos esborratados da nossa amizade.

A visão dessa Curva do Tempo fez voar para longe o pássaro do ciúme. Fica-me um frio desse desertar de asas — como se, levando-me o ciúme, me levasse também um pedaço quente da carne que eu já não tinha. Conversas longamente com a Teresa, os dois deitados na madeira do chão, as cortinas esvoaçando, escurecendo com a noite que entra pela janela aberta. Falam da falta que eu vos faço e não escutam a música das minhas lágrimas, ligeira, imaterial, música que se esquece dentro do que se vai sendo, como a das canções de amor que me amaciavam a vida.

46. Às vezes via-te, sentada no cadeirão, ao fundo da sala — o teu cadeirão. Deixei de abrir a luz ao entrar para prolongar a ilusão. Quando começavas a desaparecer eu fechava os olhos e fazia de conta que tinhas ido só à cozinha buscar gelo para o whisky. Ouvia os cubos de gelo no copo, a tua mão agitando a bebida. Desde que a Teresa começou a visitar-me com mais frequência, com o Pascoal por *chaperon*, deixei de te ver. Falamos muito de ti. Talvez por isso, começo a sentir que já não estás conosco.

47. Tu, a Teresa, o Pascoal — agora inseparáveis, arrumando-me de gargalhada em gargalhada. Falam muito de mim. Existo cada vez menos fora das vossas imaginações contaminadas. Falam muito de mim mas não me recordam a voz. Quando dizem noite, é a vossa noite que ressoa no calor povoado que desenharam sobre a minha morte. Já não te custa entrar na casa deserta, fechar a porta. Sorris para a minha fotografia, memória transfigurada do que deixei por ser. És capaz de adormecer sem te lembrares da campa onde o meu corpo apodrece. Vives outra vez na imortalidade leviana dos mortais.

Fico em tua casa à tua espera, mas não me vês — mãe vencida pelo cansaço no seu cadeirão de espia. Estou morta, mas ainda não me habituei a essa ideia. De tanto pintar cabarés celestes para crianças desvalidas — sim, a mãe está no céu a dançar com o avô, e agora jogam às cartas — perdi o caminho do paraíso épico, monótono, dos vitrais.

Peço a Deus que me prolongue este estágio terrestre, que me contrate para teu anjo particular até que tu subas a este limbo de nuvens e me ensines o caminho da sala de jogos derradeira. Ou que negocie com os Deuses dos indianos e me volte a poisar sobre a terra como teu cão. Ou gato. Ou pelo menos canário. A gratidão de uma forma de vida onde me fossem poupados os uivos de dor dos que morrem. Suponho que Deus andará assoberbado de urgências. Entranho-me nas tuas paredes. Digo: claridade, e tu repetes, no meio do sonho: claridade. Digo: sangue do meu sopro, e tu repetes: sangue do meu sopro. Digo: estou aqui, e tu devolves-me: ausência.

47. Enumero as leis termodinâmicas da tua ausência. Número um: aceleração. Já posso conduzir a alta velocidade, sem que o teu pânico carregado de insultos me trave. Poucos prazeres ultrapassam este, de conduzir fora da lei numa noite de Verão, à beira-mar, com a janela aberta e a música no máximo (dessa parte tu gostavas, mas não se pode ouvir música alto sem carregar no acelerador).

Número dois: a energia desloca-se das regiões mais quentes para as mais frias. O teu David Bowie grita aos céus pela vida de Marte — imagino o teu Bom Deus de cabelos em pé, e eis que te vejo, sorrindo-me, com uma túnica rosa-choque e dois laços no lugar das asas sobre um descapotável ébrio que vem aos ziguezagues buscar-me. Mas tu pegas no automóvel e atira-lo por cima de um muro, ouço-o desfazer-se nas rochas enquanto tu desapareces no luar. Ligo para o 112, e perdoo-te, uma vez mais.

48. Acompanho-te, no lugar do morto, pelas curvas impetuosas da marginal. Somos ultrapassados por motas voadoras, no CD do automóvel David Bowie pergunta se haverá vida em Marte, abres a janela e aspiras o cheiro da maresia, a lua derrama-se intermitentemente no mar. Sobes o som do aparelho, a rapariga com cabelo deslavado procura o amigo invisível e sobre um piano furioso há um polícia batendo no homem errado, a impossível vida de Marte cresce e aceleras um pouco mais. Cuidado — há um descapotável desgovernado cruzando a estrada em direção a nós, um bêbado pronto a levar-te contigo para o seu suicídio.

Por favor, meu Deus, não me confundas as Curvas do Tempo outra vez. Há uma adolescente, um pouco mais adiante, que precisa da vida do meu amigo. O bêbado cavalga o muro e desfaz-se nas rochas sozinho, este Deus em que não crês acelerou-lhe a rota para te manter desse lado da vida por mais um pouco.

48. Assassina incompetente, para onde levaste a minha morte? Esse bêbado artolas tinha família — eu que me arranje com a culpa de ter escapado à viagem dele. Se tivesse chocado comigo, talvez se salvasse. Estava quase livre de ti. Eis-me de novo condenado à espessura da espera. A dona Morte entretém-se a fazer de mim carteiro, ou, na melhor das hipóteses, mirone de luxo. Envelhecer é esta miserável arte da esquiva: contam-se os mortos, encolhe-se a barriga e respira-se fundo.

49. Imaginava-te tanto, quando deixei de te ver. Nunca escrevi um projeto de lei sem pensar nas tuas reticências éticas. E nas vírgulas — a obsessão que tu tinhas pelo rigor das vírgulas: "Hoje em dia espalham-nas indiscriminadamente, como se fossem pérolas. Pérolas a porcos, está bem de ver. Nem pelo ouvido lá vão, estes camelos. Ignorantes. Qual quê. Ignorante sou eu. Estes de hoje são impantes de ignorância." Resmungavas muito. Paravas sempre à porta do mítico "no meu tempo", porque eu não te deixava entrar na incauta claustrofobia desse palácio de espelhos deformantes. "O teu tempo é agora, artolas", dizia-te eu, pegando no teu vocabulário específico. O teu tempo é ainda o de agora, artolas — não penses tanto nas coisas más que me disseste. O que agora vejo em absoluta claridade não são palavras — vejo esse dia invelhecível em que começaremos de novo a viver uma história onde a felicidade não seja um pretexto de martírio.

A História não é circular, meu amigo, como proclama a antiquíssima seita dos monótonos. Se as Curvas do Tempo não tendessem para danças imprevisíveis, tu acabarias por ir viver com a Teresa e depois, estimulado e ajudado por ela, publicarias um ensaio intitulado "O pressentimento da Europa". E dedicar-me-ias esse que seria o primeiro dos muitos livros que já não escrevemos juntos, e que te tornariam mais útil e notável do que eu.

Já não preciso de contar histórias. Deixo cair todos os efeitos lustrosos e atinjo o próprio coração do amor, essa tinta espessa que flutua sobre o tempo e transfigura tudo aquilo em que toca. Pode ser uma palavra amachucada, uma flor que envelhece, um búzio onde ainda cintila o mar onde já não vive. Pode ser o teu rosto de ontem, ou o que dele resta para hoje. O que importa não é o enredo, a forma, nem sequer a cor. O que importa é a circulação conjunta de um corpo e de uma alma em torno do despojado sedimento da sua verdade.

49. A Teresa desencantou de uma gaveta um artigo meu. Sugere-me que escreva mais sobre esse "sonho incandescente da Europa" que eu tanto discutia contigo. O sonho do centro de todos os centros, apaixonado pelo outro enquanto subúrbio de si. "Ao menos em Portugal", dizias tu, gloriosa gargalhada, "não temos esse problema: habituámo-nos a olhar para nós como o subúrbio da Europa inteira. Ou seja, vemo-nos como a caverna secreta do Ali-Babá". E então eu dissertava sobre o modo como estes hábitos favorecem a arrogância ou a timidez, a incomodidade ou o fatalismo.

E depois de tu saíres eu escrevi um texto longo sobre essa epidemia de origem portuguesa de dobrar o mundo até o fazer coincidir com os sonhos. Ou de ampliar os pesadelos à dimensão épica de uma memória de bolso. Dissertei sobre a humildade de que se foram umedecendo os nacionalismos, até estoirarem como oceanos de orgulho. Mas agora não tenho ânimo para escrever. Pedem-me um artigo sobre a história da cerâmica portuguesa, e falta-me essa sede pelas artes menores que chispava nos teus olhos de azulejo negro. Falta-me, em geral, a tua perspectiva assanhada, antigeométrica, que aldrabava os volumes como os óculos de três dimensões criados para as fitas de terror da minha juventude.

Talvez pudesse escrever um livro inteiro sobre a pele da Teresa, à maneira de Voltaire, que usava as costas da amante como mesa de trabalho. Talvez pudesse aldrabar, à tua maneira, os relevos da solidão em que me deixaste.

50. Depressa. A rapariga deixa os livros cair na estrada e o autocarro não terá tempo de travar antes que ela a apanhe. Depressa — lança-te sobre ela. Desta vez vais poder salvar alguém. Não redimes a morte do teu companheiro de pelotão, porque a morte não pede redenção. A morte não pede nada, meu querido, não temas. Só a vida te acusa, a vida dos humanos tão imperfeitos como tu, heroicos e trapalhões, aldrabando a cegueira original com certezas de candonga. Vem, não tenhas medo, lança-te sobre essa menina que te sorri como eu e salva-a. Estou à tua espera num sítio onde as palavras já não magoam, não ferem, não sobram nem faltam. Esse sítio existe.

50. E de súbito voltaste. Corres como se voasses — com essa leveza furiosa que só a adolescência conhece. A fita vermelha dança-te sobre o cabelo em desordem. Trazes uma braçada de livros bambos a escorregar-te das mãos e as tuas sapatilhas brancas mal pousam no chão. Há uma névoa de calor pesando sobre as coisas, mas o teu sorriso entra por dentro da névoa, estilhaça-a, arrasta o azul do céu através das ruas da cidade. Os teus livros desmoronam-se no meio da estrada, ajoelhas-te para os apanhar mas não paras de sorrir. Esqueces-te de praguejar. És tu, sim. O teu sorriso avançando, estático, sobre o meu rosto. És tu antes do tu que te conheci. Por isso não te afliges, não te enervas por tudo e por nada. Ajoelhada no meio da estrada sacodes tranquilamente cada livro. Algumas páginas desprendem-se e voam. Voas atrás delas sem perderes o fio do sorriso.

— Cuidado, Sininho. Corre!

Mas sou eu quem de repente corre em sonho de voo. Empurro-te para o passeio, o teu corpo ágil salta para a vida no último instante, ouço ainda os travões desesperados do autocarro. Entras por dentro da minha carne, bates portas e janelas, rebentas-me com os vidros. E vejo-te lá em baixo, correndo agora através do jardim, a fita vermelha do teu cabelo iluminando o relvado verde. Haverá um cheiro a juventude perdida nesse relvado, há sempre um cheiro que só se descobre depois na relva molhada. Mas já não me lembro como era, fica longe, longe, cada vez mais longe.

ERICEIRA, 16.8.1999/LISBOA, 25.2.2002

Obrigada!

A Jorge Colombo, que me ajudou a desenvolver a ideia inicial deste romance, e lhe deu forma gráfica.

A Fernando Pinto do Amaral, Lídia Jorge, Maria Irene Crespo, Nelson de Matos, Pedro Tamen, e Rui Zink, pelo precioso e preciso auxílio técnico.

E a todos os outros meus amigos pelo incentivo.

Este livro foi impresso
pela Lis gráfica para a
Editora Objetiva em
maio de 2010.